ハヤカワ・ミステリ文庫
〈HM⑯-4〉

サン＝フォリアン教会の首吊り男

〔新訳版〕

ジョルジュ・シムノン
伊禮規与美訳

早川書房
8946

LE PENDU DE SAINT-PHOLIEN

by

Georges Simenon

1931

目次

サン＝フォリアン教会の首吊り男〔新訳版〕

登場人物

メグレ……………………………………司法警察局の警視
リュカ……………………………………メグレの部下
ルイ・ジュネ……………………………フライス工
モーリス・ベロワール…………………銀行の副支店長
ジェフ・ロンバール……………………写真製版業者
ガストン・ジャナン……………………彫刻家
ジョセフ・ヴァン・ダム………………輸出入取次業者
ウィリー・モルティエ…………………ユダヤ人
エミール・クライン……………………塗装工。教会で首を吊った男
アルマン・ルコック・
　　　　　ダンヌヴィル…………………工場の用務員
ロジェ・モルセル………………………仕立て屋

1　メグレ警視の罪

誰も、ここで何かが起こっていることに気がついた者はいなかった。小さな駅の待合室では、コーヒーやビール、レモネードの匂いが漂う中、六人しかいない乗客がつまらなそうな顔つきで列車の出発を待っている。この場所で、まさか悲劇が進行中であったとは、誰一人思いもよらなかったにちがいない。

時刻は夕方の五時。日は沈み、すでに明かりが灯されている。それでもまだ窓ガラス越しには、薄暗いホームで足踏みしながら待機している係員たちの姿を見分けることができた。ドイツとオランダ両国の、税関職員や鉄道員たちだ。

二カ国の係員がともに待機している訳《わけ》は、ここノイシャンツ駅が、オランダの北の端にあってドイツとの国境に接しているからだ。取るに足らない小さな駅で、ノイシャンツ自体は村と呼ぶことさえためらわれるような場所だった。主要路線は通っておらず、高給に惹かれてオランダの工場に働きにくるドイツ人労働者のために、朝と夕にだけ列車が走っている。

したがって、毎回同じ儀式がおこなわれることになる。ドイツの列車が、ホームの一方の端で停止する。そしてオランダの列車が、もう一方の端で待ちうけるというわけだ。そしてオレンジ色の制帽をかぶった係員たちと、深緑や紺青《こんじょう》色の制服を着た係員たちが合流し、列車の乗り換え時間内に協力して税関手続きをおこなう。乗客は毎回二十名ほどしかおらず、税関職員をファーストネームで呼ぶような常連ばかりなので、手続きはあっという間に終了する。すると乗客たちは駅構内の食堂に向かい、席に着く。そこはいかにも国境の食堂らしく、値段はオランダのセントとドイツのペニヒで併記され、ショーケースの中にはオランダ製のチョコレートとドイツ製タバコが並び、酒もオランダジンのジュネヴァとドイツのシュナップスが供される。

この夜、食堂にはむっとする空気が立ちこめていた。レジの前では女性がまどろみ、ポット型のエスプレッソ用コーヒーメーカーからは蒸気が立ちのぼり、開けたままの厨房のドアの向こうからは、子どもがいじっているラジオの雑音が聞こえてくる。家庭的な光景ではあったが、これに意外性と不可解さを添えてこの場の雰囲気を重層的にしているものがいくつかあった。たとえば、二つの国の制服が共存していること。ドイツの冬季スポーツのポスターとユトレヒトで開催される見本市のポスターが混ざりあっていることなどだ。食堂の隅に、一人の若い男の姿があった。歳は三十くらい。布の糸目が見えるほど擦りきれた服を着て、血の気のない顔に無精ひげを生やし、頭にはどうにも形容しがたいくすんだ灰色のソフト帽をかぶっている。ヨーロッパじゅうを放浪していたとでもいうような風情だ。

男は、オランダ側からの列車でこの駅に到着し、ブレーメン行きの切符を駅員に提示していた。駅員はドイツ語で、一番時間のかかる路線を選んでしまいましたね、ここは特急列車が通らないから、と説明していたが、男は、ドイツ語はわからないという身ぶりをし、食堂でも、フランス語でコーヒーを注文した。皆がもの珍しそうに男を眺めた。

男は眼窩《がんか》が大きく落ちくぼみ、まるで熱に浮かされているような目をしていた。タバコを下唇に押しあてて吸っている。このちょっとした仕草からだけでも、投げやりで物事を見下したような雰囲気が見てとれた。男の足元には、どこの雑貨店でも売っているような、ファイバー製の小さな四角いトランクケースが置いてある。まだ新品だ。コーヒーが来ると、男はポケットに手を突っこんでフランスやベルギー、オランダの小銭をごちゃまぜのまま引っぱりだした。ウェイトレスは男の手のひらから、必要な硬貨を自分で選びださなければならなかった。

この若い男の隣の席に、もう一人の旅人がいたが、そちらはあまり人目を引いていなかった。その男は背が高くて肉付きもよく、肩幅も広い。ビロードの襟がついた厚手の黒いコートを着こみ、ネクタイの結び目はセルロイドのフレームに装着されている。

若い男はいらいらした様子で、列車に乗り遅れては困るとでもいうように、ガラスドアからしきりに駅員たちの動きをうかがっていた。もう一方の男はパイプを吹かしながら、冷静に、あるいは冷徹といってもいい態度で、若い男を注意深く観察している。

若い男はそわそわしながら、ほんの数分、洗面所に行くために席を離れた。その瞬間、もう一人の男は身をかがめることもなく、片足をさっと動かして若い男の小さなトランクケースを自分の足元に引きよせ、空いた場所にもう一つのまったく同じトランクケースを押しやった。

三十分後、ドイツ行きの列車が発車した。二人の男は三等車の同じコンパートメントに乗りこんだが、言葉を交わすことはなかった。

ドイツのレーアで他の乗客が下車し、乗っているのは二人だけになった。列車が、壮麗なガラス窓で覆われたブレーメンの駅に到着したのは、夜の十時だった。アーク灯が人々の顔を青白く照らしていた。

若い男はドイツ語がまったくできないらしく、ブレーメンの駅の中で何度も迷ったあげく、構内の一等車用レストランに入りこみ、右往左往した末にやっと三等車用の食堂にたどりついた。だが席には着かず、ソーセージをはさんだ小ぶりのパンを指さし、持ち帰りたいと身ぶりで告げ、ここでもまた小銭を載せた手のひらを差しだして支払いを終えた。それから三十分以上、若い男は例の小さなトランクケースを手に、何かを探すように駅周辺の大きな通りを歩きまわった。

ビロードの襟の男は、我慢強く若い男を尾行していたが、やがて若い男が左手に続く貧民街に入っていくのを見て、歩きまわっていた理由がやっとわかった。この若者は単に安ホテルを探していただけだったのだ。若者は疲れた足取りで、注意深くいくつかのホテルを見比べた末に、最低ランクの宿を選んだ。ドアの上に、大きな白いすりガラスの球《たま》が取りつけられている。若者は、片手には小さなトランクケースを、もう一方の手には、薄い包装紙で包まれたソーセージパンを握り続けていた。

通りは賑わっていた。やがて霧が立ちこめ、ショーウインドーの明かりがぼやけ始める。厚手の黒いコートを着た男は、少々手間取ったものの若者の隣の部屋を確保することができた。中に入ってみると、貧相でみすぼらしい部屋だった。世界じゅうのどこにでも、こうした部屋はあるものだ。だが、みすぼらしさがこれほど陰鬱《いんうつ》に感じられる場所は、たぶん、ここ北ドイツの他にはないにちがいない。

この部屋と隣の若者の部屋とは、内側のドアでつながったコネクティングルームになっていた。ドアには錠があり、錠には鍵穴があった。したがって男は、若者が小さなトランクケースを開ける瞬間を、鍵穴からのぞいて目撃することができた。トランクケースは男がノイシャンツ駅の食堂ですり替えたもので、古新聞しか入っていない。

トランクケースを開けると、若者の顔からはみるみる血の気が失せ、痛々しいほど蒼白になった。そして手を震わせながら何度もトランクケースをひっくり返し、部屋じゅうに古新聞をぶちまけた。テーブルの上には、包まれたままのパンが置かれている。午後四時から何も食べていないにもかかわらず、パンには目もくれない。

若者は外に飛びだし、駅の方向に向かった。辺りをぐるぐる回りながら、次々に通行人に道を尋ねる。

「バーンホーフ!」

ドイツ語で「駅!」と繰りかえすが、発音が悪く理解してもらえない。神経を高ぶらせ、なんとかわかってもらおうと列車の音をまねたりしている。やがて駅に到着した。だだっ広いコンコースの中を歩きまわり、荷物が積みかさなっている場所を見つけては、こそ泥のようにそばに寄って、自分のトランクケースがないことを確認する。そして似たトランクケースを持つ人が通りかかるたびに、びくっと身体を震わせる。

鍵穴からのぞいていた男は、ずっと若者の後をつけてきた。そして目を離すことなく観察し続けた。

若者と男がそれぞれホテルに戻った時には、もう夜中の十二時になっていた。男が隣室との境のドアに近づくと、鍵穴の向こうに、椅子の上に倒れこんで両手で頭を抱えている若者の姿が浮かびあがった。若者は立ちあがった。そして憤懣《ふんまん》やるかたないといったそぶりで、それでいながら観念したような様子で、指を打ち鳴らした。そこまでだった。若者はポケットから拳銃を取りだした。そして大きく口を開けるとその中に拳銃を突っこみ、引き金を引いた。

たちまち、若者の部屋に十人ほどの人間が集まってきた。鍵穴からのぞいていた男――メグレ警視――もその中にいた。ビロードの襟の黒いコートを身に着けたまま、メグレは部屋を立ち入り禁止にしようと試みた。部屋の中では「警察《ポリツァイ》」「人殺し《マーダー》」という言葉が飛びかっている。

死んでしまうと、若者の姿は生きている時よりもさらにみじめに見えた。穴の開いた靴底がまる見えになっているし、倒れた拍子にズボンの裾がめくれ上がり、珍妙な赤い靴下と、毛深いせいで鉛色《なまりいろ》に見える向《む》こう脛《ずね》がむき出しになっていた。

まもなく警察官が一名到着し、二言《ふたこと》三言《みこと》何かを命令すると、人々は踊り場のほうに引きさがった。メグレだけはその場に残り、パリ司法警察局の警視の徽章《きしょう》を提示したが、警察官はフランス語を話せず、メグレも片言のドイツ語を口にすることしかできなかった。

十分後には、ホテルの前に一台の車が止まり、私服警官たちがなだれこんできた。踊り場では「警察《ポリツァイ》」に続いて今度は「フランス人《フランツォーズ》」という言葉がささやかれ始め、人々はフランス人警視に好奇の目を向けた。だが噂話やざわめきは、警察官の命令によって電気のスイッチを切るようにぱたりとやみ、宿泊客たちはそれぞれ自分の部屋に戻っていった。ホテルの前の通りでは、まだ人々が黙って遠巻きに集まっている。

メグレはずっと口にパイプをくわえていたが、とっくに火は消えていた。ぎゅっと詰まった粘土を精力的に彫りあげたような肉付きの良いその顔には、恐れとも落胆ともつかない表情が浮かんでいた。

「皆さんの捜査と一緒に、わたしも自分の捜査を進めたいのですが、許可していただけますか？」メグレは言った。「確実にわかっているのは、この男が自殺を図ったということです。この男はフランス人で……」

「この人物を尾行してきたんですか？」

「説明し始めると、かなり長くなってしまうのですが……。とりあえずはそちらの鑑識に、この男の写真をあらゆる角度からできるだけ鮮明に撮影していただきたいんです……」

先ほどの騒々しさとはうって変わり、室内はひっそりとしていた。動いているのは三人だけになっていた。

一人は、頭を丸刈りにした血色のよい若い男で、モーニングコートを着てストライプのズボンをはいていた。金の蔓《つる》の眼鏡をかけ、時折レンズを拭いている。科学捜査班の医学博士という肩書だ。もう一人は、血色がよいのは同じだが、一人目のように仰々しい服装はしていない。あちこちを調べてまわり、努めてフランス語で話そうとしていた。

所持品からは、パスポート以外は何も見つからなかった。それによると、男の名前はルイ・ジュネ。フランスのオーベルヴィリエ生まれの組立工だった。拳銃については、ベルギーの銃器メーカー〈エルスタル〉の銘があった。

パリのオルフェーヴル河岸にある司法警察局では、今夜、メグレがこんなところでこんなことをしているとは、誰も想像していないにちがいない。不運な成り行きに打ちひしがれていつになく寡黙になっているメグレが、ドイツ警察の捜査を手伝い、鑑識のカメラマンや法医学者のサポートをするために待機し、火の消えたパイプをくわえたまま、辛抱強くわずかな成果品を待っているとは――。その成果品が手に入ったのは、午前三時頃だった。死者の衣服とパスポート、マグネシウムの閃光粉を燃やしてフラッシュ撮影した十数枚の写真だ。

自分は一人の人間を殺してしまった――メグレは心の中で、そう思わないわけではなかった。いや、ほとんどそう考えていた。見ず知らずの男だったのに！　この男のことを、自分は何一つ知りもしないのに！　この男が罪を犯しているという証拠など何もなかったのに！

事の起こりは昨日、ベルギーの首都ブリュッセルでの、ほんの偶然のできごとだった。メグレは出張でブリュッセルを訪れていた。フランスから退去させられたイタリア人亡命者たちの活動に関して懸念すべき動きがあり、ベルギー警察とその件について協議をおこなうためだった。仕事はしごく簡単で協議は予定より早く終了し、メグレには自由時間がたっぷりできた。

そこでメグレは、気の向くままにモンターニュ・オー・ゼルブ・ポタジェール通りの小さなカフェに足を踏みいれた。まだ午前十時で、店内にはほとんど客はいなかった。だが、陽気で気さくな店主のおしゃべりに耳を傾けているうちに、店の奥の薄暗い席で、一人の客がおかしな作業に専念していることに気がついた。

男は貧相ななりをしていた。どこの国の首都にも、職を求めてやってくる失業者が大勢いるが、男はまさにそうした外見をしていた。ところがその男が、ポケットから千フラン札を何枚も取りだして枚数を数え始めたのだ。そして灰色の紙で札をくるむと小包にしてひもをかけ、宛先を書いた。札は、少なくとも三十枚はあった！　三万ベルギーフランだ！　メグレは思わず眉をひそめた。男がコーヒー代を払って出ていくと、メグレはその後を追った。男が入ったのは近くの郵便局だった。メグレは男の肩越しに、手書きの宛先を読みとることができた。

パリ　ロケット通り十八番地　ルイ・ジュネ様

その筆跡は、教養のない人間が書くような文字ではなかった。さらに驚いたことには、小包には《印刷物》と記載されていた。三万フランもの金を、たんなる新聞紙やパンフレットと同じように送ろうというのだ！　書留にさえなっていない！　郵便局員が小包の重さを量って言った。

「七十サンチームです」

男は金を払って出ていく。メグレは宛先の住所と名前を書きとめてから男の後を追ったが、その瞬間、ひょっとしてベルギー警察に置き土産ができるのではないかと思って愉快になった。あとでブリュッセルの警察署長に会いにいこう。そしてさりげなくこう言うのだ。

《ところで、グーズ・ランビックビールを飲んでいたら、悪党を見つけましてね……。そちらは捕まえてくれるだけでいいんですよ。ほら、場所はですね……》

メグレは上機嫌だった。街には秋の柔らかな陽ざしが降りそそぎ、戸外の空気は暖かかった。

十一時。その見知らぬ男は、ヌーヴ通りの店で三十二フランのかばんを買った。模造皮革どころか、模造ファイバーの小さなトランクケースだ。メグレは、この冒険がこの先どうなるのかとくに考えもせず、面白半分で自分も男と同じトランクケースを買った。

十一時半。男は、通りの名前も表示されていないような路地裏の細い道にあるホテルの中に入っていった。しばらくするとホテルを出て、今度はブリュッセルの北駅で、アムステルダム行きの列車に乗りこんだ。

今度はさすがにメグレも、オランダまで尾行を続けるかどうか躊躇《ちゅうちょ》した。その決断に影響を与えたものがあるとしたら、男の顔をひょっとしたらどこかで見たことがあるような気がしたことだろうか？

《見たことがあるにしても、どうせたいした事件ではないだろうが……。だが万が一、重大な事件だったらどうする?》

今、パリに緊急の用務はない。メグレはアムステルダム行きの列車に乗った。ベルギーとオランダの国境に到着すると、驚いたことに、男は税関の検査場所の手前で自分のトランクケースを持ちあげ、車両の屋根の上に載せた。その手際の良さからは、その手のことをやり慣れていることが見てとれた。

《いつどこで降りるか、まあ、そのうちわかるだろう》

だが、男はアムステルダムで旅を終えることなく、そこでさらにドイツのブレーメンまでの三等車の切符を買った。結局、オランダの平原を端から端まで横断することになった。平原を流れるいくつもの運河を、何隻もの帆船が行き交うさまは、まるで帆船が平野の真ん中を航行しているように見えた。

そしてノイシャンツへ、さらにブレーメンへと、男とメグレは旅を続けた。メグレは、ひょっとして何かがわかるのではないかと期待して、ノイシャンツ駅の食堂でトランクケースをすり替えた。そして長い移動時間のあいだ、この男がどういう種類の犯罪者なのか、警察がよく用いる分類に従って見定めようと試みたが、うまくいかなかった。

《本物の国際強盗にしては、あまりに神経質すぎる! それともたんなる下っ端の盗賊で、ボスをだし抜こうとしているのだろうか？　あるいは陰謀家か？　それとも無政府主義者？　だがやつはフランス語しか話せないようだし、フランスにはもう陰謀家なんてものも、活動している無政府主義者もほとんどいない！　じゃあ、単独の詐欺師か？》

だが、三万フランをただの灰色の紙に包んで送るような詐欺師が、こんなみすぼらしい暮らしを続けるとは思えなかった。

男はアルコールを飲まなかった。待ち時間が長かった駅でもコーヒーを流しこむだけで、たまに小さなパンかブリオッシュを頼んだ程度だ。

列車の路線にも詳しくない。つねに人に行き先を尋ね、方向が合っているかどうかを確認しようと不安そうにしていた。過剰なほどの心配症だ。

屈強な男にも見えない。それでも手を見れば、肉体労働者らしいことはわかった。爪は黒ずみ、長く伸びていた。これだけ伸びているということは、しばらく前から仕事をしていないのかもしれない。

顔色が悪いのは貧血のせいか、あるいは貧困のせいだろう。

メグレは、悪党の両手両足を縛りあげてさっさとベルギー警察に引き渡すという愉快な企てを思い描いていたが、しだいにそんなことは忘れてしまった。この状況の不可解さに、すっかり心を奪われてしまったのだ。メグレは自分に対する言い訳を探した。

《アムステルダムなんて、パリからそう遠くないさ》
《そうだな、ブレーメンからなら、特急に乗れば十三時間で帰れるな》

男は死んでしまった。犯罪の証拠になるようなものも、いったいどんな活動をしていたのかを示すようなものも、いっさい所持していなかった。持っていたのは、ヨーロッパでもっとも広く出回っているメーカーの、なんの変哲もない拳銃だけだ。

状況から見て、男が自殺したのは、トランクケースを盗まれたことが理由であるとしか考えられない！　そうでなければ、いったいどうして駅の食堂で、食べもしないパンを買う必要があったというのだ？　いったいどうして、丸一日かけてわざわざここまでやってくる必要があったというのだ？　自分の脳みそを吹っとばすことなら、ドイツのホテルでなくとも、ブリュッセルでいくらでもできたはずだ。謎の答えはおそらく、自分がすり替えたトランクケースの中にあるのではないか。

遺体は足の裏から頭皮まで、写真撮影され念入りに調べられて検分を終えると、裸で布に包まれて外に運びだされ、警察の輸送車両に載せられた。メグレは遺体を見送るとすぐに、トランクケースが置いてある自分の部屋に引きこもった。疲れきっていたが、いつものように親指で少しずつパイプにタバコを詰めた。たんに、自分が冷静であることを確認したかったからだ。

死んだ男の病的な顔が頭に浮かび、メグレはいらだった。指を打ち鳴らすやいきなり口を大きく開けて拳銃をぶっ放した男の姿が、何度もよみがえってきた。戸惑いや、さらには後悔する気持ちが大きくなり、メグレはファイバー製のトランクケースに手をつけるまで長い間逡巡した。

とはいえ、このトランクケースの中に、自分の考えが正しかったことを証明するものが入っているかもしれないではないか！　弱気になって同情してしまったが、実はあの男は詐欺師か、危険な悪党か、ひょっとしたら殺人犯であって、トランクケースの中にその証拠を発見できるかもしれないのだ。

トランクケースの鍵は、ヌーヴ通りの店で買った時のまま、取っ手にひもで結んでぶらさげられている。メグレはトランクケースの蓋を開けた。一番上には、ダークグレーの三つ揃《ぞろ》いのスーツが入っていた。男が着ていた服よりもよほどきれいだ。スーツの下には、襟も袖口も擦りきれた汚いシャツが二枚、丸めて突っこんである。そしてピンクの細縞模様の付け襟が一つ。直接首にあたる部分が真っ黒になっているところを見ると、少なくとも半月はつけっぱなしだったようだ。黒ずんでいるだけでなく、擦りきれている。

だが、中身はそれだけだった！　目の前に見えているのは緑色をした紙製の、トランクケースの底だけだ。新品の留め金とフックがついた二本の未使用のストラップ以外、何もない。メグレは衣類を振り、ポケットの中を探ってみたが、何も出てこなかった。

言うに言われぬ不安が喉を絞めつけた。メグレは、なんとしてでも何かを見つけてやる、見つけなければ、という気持ちにとらわれた。男は、このトランクケースを盗まれたから自殺したのではなかったか？　なのにトランクケースの中には、古い三つ揃いのスーツと汚れた衣類しか入っていないとは、いったいどういうことだ！　書類の一枚も、証拠品と呼べるようなものも、いっさいない。それどころか、男の過去を推測できるような手がかりさえないではないか！

部屋の壁には、安物だが真新しい壁紙が貼られていた。けばけばしい色彩で派手な花の絵が描かれている。いっぽう家具は古く、がたつき、壊れており、テーブルの上には、気持ち悪くて触れないような汚いインド更紗のテーブルクロスがかかっている。

外の通りは人気《ひとけ》がなく、どの店も鎧戸《よろいど》を閉ざしていた。だが百メートルほど先の交差点ではあいかわらず車が行き交い、その騒音がむしろ心を落ち着かせた。

メグレは隣室に通じるドアに目をやった。もう鍵穴をのぞいてみる気にはならなかった。だがその時、鑑識官たちが万一に備え、隣室の床に遺体の輪郭を記していったことを思いだした。

メグレはトランクケースに入っていた皺《しわ》の寄ったスーツを持って、隣の部屋に向かった。足音を忍ばせながらそっと歩いたのは他の宿泊客を起こさないためだったが、大きな謎が重く肩にのしかかっていたからでもあった。

床に描かれた人形《ひとがた》の線は、歪んではいたもののサイズは正確だった。メグレはその輪郭の上に上着とズボン、ベストを置いてみた。そして新たな謎に気づき、思わずパイプの吸い口をかみしめた。スーツは、遺体の輪郭より少なくとも三サイズは大きいのだ！　これは死んだ男の服ではない！

浮浪者風のあの男が、あんなに用心深くトランクケースに入れて持ち運び、なくしたとたんに命を絶ってしまうほど大切にしていたものが、他人の服であったとは！

2　ヴァン・ダムという男

ブレーメンの新聞は前夜の事件について、ルイ・ジュネという名のフランス人組立工が市内のホテルで自殺し、動機は生活の困窮とみられる、と、ほんの数行で簡単に伝えた。ところがその記事が掲載された時刻、つまり事件の翌朝には、メグレはすでにその報道内容が正確ではないと知ることになった。なぜなら、男のパスポートを眺めていて気になる箇所を見つけたからだ。パスポートには身体的特徴を記載する六ページ目に、年齢、身長、髪、額、眉等について記入する欄がある。本来は髪、額、の順番であるはずが、男のパスポートは額、髪、の順に入れ替わっていたのだ。

実は半年前にパリ警視庁の公安部門は、サン・トゥアンでパスポートや軍人手帳、外国人滞在許可証やその他公的証明書を偽造していた、まさに《偽造工場》ともいうべき犯罪拠点を突きとめ、そこでかなりの数の偽造文書を押収していた。その時逮捕された偽造業者の自白によれば、この工場の印刷機で偽造された証明書はすでに数年前から何百枚も出回っているが、帳簿がないので顧客リストを提出することは不可能だというものだった。

このパスポートは、〈ルイ・ジュネ〉がその顧客であったことを示しており、すなわち男の本当の名はルイ・ジュネではないということになる。つまり、この捜査で唯一確かだと考えられていた土台が崩壊したわけだ。昨夜自殺してしまったあの男は、まったくの身元不明者になってしまったのだ！


午前九時、メグレは遺体安置所に到着した。ドイツの警察当局からは、望みどおりの捜査をしてよいとの許可を得ていた。遺体安置所は時間内であれば一般人も入場を許されているので、まもなく人々がやってくるはずだ。

メグレは隅の薄暗い場所を探した。それほど期待はしていなかったが、とりあえず来訪者を見張ろうと思ったからだ。だが、そのような場所は見つからなかった。この遺体安置所は、この街の大部分が、そしてあらゆる公共建築物がそうであるように、あまりに現代的過ぎた。

そんな新しい建物であるにもかかわらず、ここはパリのオルロージュ河岸にあった昔の遺体安置所よりもずっと気味が悪かった。まさにその現代的なくっきりとした線と面の配列や、眩《まぶ》しすぎる光を反射している真っ白な壁や、まるで発電所のようなぴかぴかの冷却設備が、薄気味悪さを生みだしていた。それは典型的な工場の施設を想起させた。原料に人間の遺体を用いる工場というわけだ！

偽物のルイ・ジュネもそこに安置されていた。専門家チームがある程度顔面を修復したとみえて、こういう場合に人が想像するような損傷状態ではなくなっていた。ジュネの他には、若い女性の遺体と、港で引き揚げられた男性の溺死体があった。埃《ほこり》一つついていない制服を着こんだ監視員ははつらつとして元気そうで、まるで美術館の監視員のようだ。

一時間のあいだに、メグレの予想を上回る三十人ほどの来訪者があった。そのうちの一人の女性がホールに安置されていない遺体を見たいと言うと、ブザーがなり、電話で遺体の番号が伝えられた。建物の二階には、壁一面に巨大な遺体安置庫が設置された部屋があり、その中から一つの棚が横滑りして昇降機に載せられる。しばらくすると、一階に鋼鉄の箱があらわれた。一部の図書館で本が閲覧室に運ばれてくるシステムと同じだ。運ばれてきた遺体は女性が探していた人物だったようだ。女性は遺体の上にかがみこんで泣きじゃくり、奥の事務室に連れていかれた。若い事務員が女性の申告内容を書きとっている。

ルイ・ジュネに興味を示した来訪者はほとんどいなかったが、十時頃になって、洗練された服装の男が自家用車から降り、つかつかとホールに入ってきた。男はぐるっと見まわして自殺した男の遺体を探すと、そばに寄って注意深く観察し始めた。

メグレはこの来訪者から数歩の距離にいたが、さらに近寄って男をじっくりと眺めた。

その結果、どうやらドイツ人ではないらしいという気がした。

男のほうは、誰かがすぐそばで動いたのを見てびくっとし、戸惑ったような様子を見せた。そしてメグレと同じことを思ったらしく、自分から質問してきた。

「あなたはフランスの方ですか？」

「そうですが、おたくも？」

「まあ、わたしはベルギー人なんですがね……。でも、数年前からブレーメンに住んでいるんです」

「それで、あなたはこのジュネという男をご存じなんですか？」

「いいえ、知りませんよ！　わたしは……今朝新聞で読んだんです。フランス人の男がブレーメンで自殺したって。パリには長いあいだ住んでいましたからね。気まぐれにちょっとのぞいてみようと思ってやってきたわけで……」

メグレはこういう場合いつもそうなのだが、この時も重苦しいほどの沈黙を守った。そのうえ頑固で愚鈍極まりない表情をしているのだから、まるで牛のように見えたにちがいない。

「警察の方なんですか？」

「そうです。司法警察局の者ですが」

「じゃあ、わざわざこのために出張を？　……いや、何を言ってるんだ……。そんなはずありませんよね、自殺があったのは昨夜なんだから！　……ところで、ブレーメンにはフランス人のお知り合いはいらっしゃるんですか？　……いらっしゃらないのであれば、わたしが何らかのお役にたてると思いますが……。ご一緒にアペリティフなどいかがです？」

しばらくして、メグレは男の後について、男が自ら運転する車に乗りこんだ。男はよくしゃべった。実業家だというその男は、まさに、快活で精力的に動きまわる実業家のイメージそのままのような人物で、この街で知らない人間はいないというように、行き交う人々と次々に挨拶を交わし、建物を指さしては解説を始めた。

「ここは北ドイツ・ロイド汽船会社ですよ。このあいだ進水した新しい大型客船のことはお耳に入っているでしょう？　ここもわたしのクライアントでしてね」

次に男は別の建物を指し示した。ほぼすべての窓に、それぞれ異なった看板や標識が出ている。

「このビルの五階の左手に見えるのが、わたしのオフィスです」

窓ガラスに、陶器製の文字が掲げられている。

《ジョゼフ・ヴァン・ダム　輸出入取次業》

「わたしはね、どうかすると一ヵ月間ずっと、フランス語を話す機会がないこともあるんですよ。従業員がみんなドイツ人ですからね。秘書もドイツ人ですし。業務上しかたがないんですけどね……」

メグレが何を考えているかを顔の表情から読みとろうとしても、それは無理というものだ。メグレは、繊細さなどは持ちあわせず細かいことにはこだわらない男のように見える。相手の話にうなずき、相手が感嘆してほしいと思っていることには感嘆する。だからヴァン・ダムがさかんに自慢していた、特許取得済みの、車の新しいサスペンションのこともほめる。

メグレはヴァン・ダムに連れられ、実業家たちで賑わう大きなビアホールに入った。人々が大声で話し、ウィーン風の音楽が絶え間なく流れ、ビールのジョッキのぶつかりあう音が響いている。

「実はね、ここに来る客は、ほとんどが大金持ちなんですよ」ヴァン・ダムが嬉々《きき》として説明する。「ほら！　……ドイツ語はおわかりにならないんでしたっけ？　今隣の席にいる人は、オーストラリアからヨーロッパに向けて今まさに航行中の、船一隻分の積み荷の羊毛を売っているところですよ。この人は、今航行しているだけで三十から四十の船を持っているんですからね。こういう人が他にもいっぱいいますよ。何をお飲みになりますか？　ピルスナービールなんかいいですよ。……ところで……」

話題が変わる気配にも、メグレは表情を緩《ゆる》めない。

「ところで、あの自殺の件は、どう思われます？　地元の新聞が書いているように、生活困窮者でしょうかね？」

「そうかもしれません」

「この件の捜査をなさるんですか？」

「とんでもない！　それはドイツ警察の仕事ですからね。それに、自殺だということが確かなわけだから……」

「そりゃそうです！　わたしもこの件が気になったのは、自殺したのがたまたまフランス人だったからというだけで……。だって、ドイツのこんな北の街までは、フランス人はあまりやってきませんからね！」

こう言うとヴァン・ダムは立ちあがり、店を出ようとしていた男と握手をかわしてからせかせかと席に戻ってきた。

「すみません！　今の人はね、大きな保険会社の取締役なんですよ。ここの客の中でも飛びぬけた大金持ちでね。……それはそうと警視さん、もうすぐ昼ですし、ご一緒に食事などいかがですか？　わたしは独り身なので、レストランにご招待ということになりますが。パリのようないいレストランはありませんが、まあまあ美味しいところへご案内しますから。いいですよね？」

ヴァン・ダムはウェイターを呼び、支払いのためにポケットから財布を取りだした。その仕草はメグレがこれまで何度も目にしたことのあるもので、証券取引所界隈でアペリティフを飲む、ヴァン・ダムと同類の実業家たちがよくやっていた。胸を反らして後ろにふんぞり返り、あごを引く。そして悠々と、無造作に、紙幣が詰まった革財布を開けるのだ。まねのできない独特の仕草だった。

「さあ、行きましょう！」

ヴァン・ダムはメグレを方々に引きまわし、タイピスト一人と他に従業員三人がいる自分のオフィスにまで連れていった。さらに、今日のうちにブレーメンを発《た》つのでなければ、夜は一緒に有名なナイトクラブへ行くことをメグレに約束させた。メグレがやっと解放された時には、夕方の五時になっていた。

メグレは往来の雑踏の中に一人身を置きながら、考え続けた。まだ思考とは呼べないような、漠然とした考えだった。メグレは頭の中に二人の男の姿を思い浮かべ、二人の関係について考えた。そう、関係があるのは確かなのだ！　ヴァン・ダムは、見知らぬ男の死体を見るために遺体安置所までわざわざ出向いたわけではないし、フランス語を話すことができて嬉しいという理由だけでメグレを昼食に招待したわけでもない。

それにおそらくヴァン・ダムは、メグレがこの一件にはあまり関心がないらしいと、そして思っていたより間抜けなやつだと思ったのだろう。だからしだいに本性を見せるようになったのだ。朝出会った時には不安な面持ちで、ぎこちない笑みを浮かべていた。ところが夕方別れた時にはまったく別人になっていた。あちらにこちらにと忙しく動きまわり、よくしゃべり、嬉々として財界の大物と渡りあい、自動車を運転し、電話をかけ、タイピストに指示を飛ばし、高級店での夕食を提案し、満足げに、そして誇らしげに振る舞う。まさにやり手の実業家然としていた。

それにひきかえ、浮浪者のようなもう一人の男は、貧血ぎみの青白い顔をして、擦りきれた服と穴の開いた靴を身につけ、ソーセージ入りの小さなパンを買っていた。自分がそれを食べることはないなどとは、思いもせずに！

今頃ヴァン・ダムは、今夜のアペリティフを共にする相手をすでに見つけているにちがいない。昼と同様、ウィーン風の音楽とビールに囲まれた賑やかな雰囲気の中で。

いっぽう遺体安置所では、午後六時になると遺体の入った鋼鉄のケースが静かに動き始め、偽物のジュネの裸の身体の上で蓋が閉まることだろう。そして昇降機に載せられて冷蔵室に運ばれ、番号を振られた区画の中で翌朝まで保管されるのだろう。

メグレはブレーメンの警察署に向かった。けばけばしい赤い壁に囲まれた中庭では、警察官たちが寒い季節にもかかわらず上半身裸で体操をしていた。

鑑識の研究室に着くと、夢見るような目をした若い男性の鑑識官がメグレを待っていた。脇にある机の上には、死者の所持品がすべて、タグをつけてきれいに並べられている。青年は正しく丁寧なフランス語を話した。的確な言葉を選択できることに誇りを感じているようだった。

そしてまず、ジュネが自殺時に着用していたグレーのスーツの説明から始めた。裏地をほどいて縫い目もすべて調べたが、何も発見できなかったという。

「スーツは、パリの百貨店ベル・ジャルディニエールのものです。布地は綿が五十パーセントですから、安物の服ですね。ここから油、とくに鉱物油の染みが検出されました。つまりこの人物は、工場や小規模な作業場、自動車修理工場などで働いていたか、頻繁に出入りしていたと考えられます。下着には、製造元を示すものは何もついていませんでした。靴はフランスのランスで購入されたものですが、所見としては服と同じで、どこにでもあるような品質の大量生産品ですね。靴下は、よく露天商が一足四、五フランで売っている綿靴下で、穴が開いていましたけど、繕った跡はまったくありませんでしたよ。それから、すべての衣服を丈夫な紙袋に密封してよく振り、集めた粉塵を分析してみました。その結果、先ほどご説明した油染みの出所に関して、さらに確信を持つことができました。というのはですね、布地には細かな金属の粉塵がたくさん付着していたのですが、これは組立工や旋盤工など、機械の組み立て加工工場で働く工員の作業着にしかみられないものなんです。ところが、もう一方のスーツには、このような特徴は認められませんでした。とりあえず今、本人が身に着けていた衣服をA服と呼び、もう一着のスーツのほうをB服と呼ぶことにしますね。B服には、A服と同じ特徴は検出されず、もう長い間、少なくとも六年間は着た形跡がありませんでした。それ以外にも違いがあります。A服のポケットからは、フランスの方々が灰色タバコと呼ぶ、フランスタバコ公社の刻みタバコの吸い殻が見つかりました。いっぽうB服のポケットにもわずかに吸い殻が残っていたのですが、そちらはエジプトタバコに似た黄色いタバコの吸い殻でした」

青年はさらに話を続けた。

「ですが、ここからが一番重要な点です。B服から検出された汚れのほうは、油染みではありませんでした。時間はたっていますが、人の血液が付着したものだったんです。たぶん、動脈血だと思われます。服の布地はもう何年も洗濯されていないようですね。この服を着ていた人物は、まさに血まみれになっていたにちがいありません。それに、衣服の裂け具合から見ると、揉み合いになっていたのではないかと推察できます。ところどころ、とくに折り返し部分の糸が、まるで爪で引っかいたようにほつれていますからね。このB服には製造元のマークがついていました。ベルギーのリエージュの、オート＝ソヴニエール通りにあるロジェ・モルセルという仕立て屋です。それから、拳銃についてですが、あれはもう二年前から製造されていないモデルです」

青年は話を締めくくった。

「これから上司に報告書を書かなくちゃいけないので、住所を残していってもらえれば、コピーをお送りしますよ」

メグレが手続きを終えた時には、夜の八時になっていた。メグレはドイツの警察当局から、故人が身に着けていた衣服と、若い鑑識官がB服と呼んだ、トランクケースの中に入っていた衣服を受けとった。そして遺体は、フランス当局から追って連絡があるまで、遺体安置所の冷蔵室の中で保管してもらえることになった。

メグレはまた、ジョゼフ・ヴァン・ダムの個人情報の写しを入手した。ヴァン・ダムは、ベルギーのリエージュでフラマン人の両親のもとに生まれた。セールスマンから始めて、今では自らの名を冠した取次会社の社長になっている。三十二歳、独身。ブレーメンに来てからわずか三年しかたっていないが、開業当初の苦境を乗り越え、現在はかなり儲かっているようだ。

メグレはホテルの部屋に戻った。そして、ベッドの端に腰かけ、ファイバー製の二つのトランクケースを目の前に置いて、長い間じっとしていた。隣室との境のドアを開けてみると、すべてが昨夜と同じ状態にあった。メグレは、あの悲劇がほとんどなんの混乱も引き起こしていないことに胸をつかれた。ただ一つ痕跡があるとすれば、壁紙のバラの花の下にごく小さな茶色い染みがあることくらいだった。唯一の血痕だ。テーブルの上には紙に包まれたソーセージパンが置かれたままで、ハエが一匹とまっている。

この日の朝、メグレはパリの司法警察局に死んだ男の写真を二枚送り、できるだけ多くの新聞に掲載してもらうよう手配してくれと頼んでいた。

パリに戻って捜査をするほうがいいのだろうか。メグレは考えた。パリにならば、少なくとも調べるべき住所が一つある。ジュネがブリュッセルから自らに宛てて千フラン札三十枚を送った時の、宛先となっていた住所だ。それともリエージュを調べるべきか？　数年前にB服が購入された場所だ。あるいはジュネの靴の購入場所であるランスか？　それともジュネが三万フランの小包を発送したブリュッセルか？　ブレーメンはどうだ？　ジュネが死んだ場所であり、ジョゼフ・ヴァン・ダムという男が、ジュネという男のことなど知らないと言いつつ、その遺体を見にやってきた場所だ。

その時、宿の主人が部屋に姿を見せ、ドイツ語で長々とまくし立てた。たぶん、事件が起きたこの部屋を元通りにして、客を泊めることができるようにしてくれということなのだろう。メグレは、承知したというように口の中でぶつぶつつぶやくと、部屋の件からは手を引くことにして支払いを済ませ、見るからに安物でメグレの身なりとは対照的な二つのトランクケースを手にホテルを出た。

捜査は、必ずしも決まったところから始めなくてはいけないというわけではない。メグレはパリに戻ることにした。とはいえ、そう決めた一番大きな理由は、外国のまったく異質な環境がたえず自分の習慣や考え方と衝突し、しだいに気が滅入ってきたからだ。タバコでさえ、黄色くて軽すぎるタバコでは吸う気にならなかったのだ。

パリに向かう特急列車の中でメグレは眠り、日が昇る頃、ベルギー国境で目を覚ました。三十分後、経由地のリエージュに到着した。メグレは列車のドアのほうをぼんやりと眺めた。列車が駅に停車するのは三十分だけなので、B服の仕立て屋があるオート＝ソヴニエール通りまで行く時間はない。

午後二時、メグレはパリの北駅に到着し、街の雑踏の中に降り立った。まず最初に向かったのはタバコの販売店だ。そこで代金を払おうとポケットの中でフランスの硬貨を探している時、誰かがメグレにぶつかった。支払いを終え、メグレは足元に置いておいた二つのトランクケースに手を伸ばした。するとトランクケースは、一つだけになっていた。辺りを見まわしたが、それらしいものは見当たらない。メグレは、今警察官に知らせたところでどうにもならないだろうと思った。

ただよく見ると、残されたトランクケースの取っ手には、細いひもで鍵が二つ結びつけられている。メグレはほっとした。こちらが、服が入っているほうのトランクケースだ。泥棒が持っていったトランクケースには、古新聞しか入っていない。だがこれは、よく駅をうろついているたんなるこそ泥の仕業なのだろうか？　だとすれば、わざわざこんなに見た目のみすぼらしいかばんを選んで盗んでいくのは、変ではないか？

メグレはタクシーに乗り、パイプと、慣れ親しんだ街の雑踏を同時にじっくりと味わった。キオスクの前で、新聞の一面に載っている写真が目に入った。自分がブレーメンから送ったルイ・ジュネの写真であることが遠目にもわかった。先ほどまでは、まずリシャール＝ルノワール大通りの自宅に立ち寄り、服を着替えて妻にただいまのキスをしようと思っていたが、駅での事件のせいで、いろいろなことが気になり始めた。

《もし、狙われていたのが本当にB服だったとしたら、自分が服を持ち歩いていることや、ちょうどこの時間に到着することを、犯人はパリに居ながらいったいどうやって知ることができたのだ？》

ノイシャンツやブレーメンで関わった、やせて青白い顔をした浮浪者風の男を中心にして、多くの謎がその周りに集結し始めたように思われた。現像液の中に入れた写真乾板の上で影が揺れるように、いくつもの影がうごめき始めている。その影を特定し、顔を照らし、それぞれの名を明らかにし、誰が何を考えているのか、その全体像をはっきりさせる必要があるのではないか。今のところ乾板の上に見えているのは、真ん中にある裸の遺体だけ、そしてドイツ人医師たちがいじくりまわしてなんとか見るに堪える形になった男の顔、遺体安置所の眩しすぎる照明にくっきりと浮かびあがっていた男の顔だけだ。

他にはいったいどんな影があるというのだ？　メグレは考えた。一人目は、今この瞬間にもあのトランクケースを持ってパリ市内を逃げている人物。二人目は、ブレーメンか、あるいは他の場所から一人目に情報を流した人物。おそらく、あの陽気なジョゼフ・ヴァン・ダムではないだろうか？　そうではない可能性もある。三人目は、何年も前にB服のスーツを身に着けていた人物。そして四人目は、三人目と揉みあいになり、自分の血を相手に浴びせかけることになった人物。偽のジュネに三万フランを渡した、あるいは盗まれた五人目の人物もいるはずだ！

街には陽の光が差していた。カフェは、テラス席に座って金属製の火鉢で暖をとる客たちで賑わい、運転手たちは大声で話をし、密集した人々の群れがバスや路面電車にどっと乗りこんでいく。動きまわるこの人の群れの中から、ブレーメンや、ブリュッセルや、ランスや、さらに他の街の人混みの中から、関係する人物を見つけださなくてはいけないのだ。二人か、三人か、四人か、五人か……。それ以上いるのだろうか？　それとももっと少ないのか？

タクシーがパリ警視庁に到着した。メグレはその厳めしい外観を懐かしい気持ちで眺めた。そして小さなトランクケースを手に中庭を通り抜け、建物に入ると用務員にファーストネームで呼びかけながら挨拶した。

「わたしの電報は受けとったかい？　ストーブに火は入っているかな？」

「あの顔写真の件で女の人が一人来てますよ！　待合室で、もう二時間も待っています」

それを聞くと、メグレはコートも帽子も脱がず、トランクケースも持ったままで待合室に向かった。待合室は、警視たちの執務室がいくつも並ぶ廊下の奥にある。部屋の三面はガラス張りで、残る一面だけの壁には、公務中に殉職した警察官の名前が貼りだされていた。部屋の中には、緑のビロード張りの椅子が何脚か置いてある。

その椅子の一つに、女性が腰かけていた。まだ若く、それなりにきちんとした身なりをしていたが、ランプの下で長時間縫い物をしたり、なんとかやりくりしなければならない貧しい暮らし向きが見てとれた。黒いラシャのコートの上に細い毛皮の襟をつけ、グレーの手袋をはめた手には、メグレのトランクケースと同様模造品の、皮革のバッグを持っている。

メグレはこの女性と死んだ男との間に、なんとなく似たものを感じないわけにはいかなかった。顔立ちが似ているわけではない。醸しだす雰囲気が似ているというべきか、言うなれば、社会階層が同じだということだろう。女性も、気力を奪われてしまった人々にありがちな、どんよりとした瞳と疲れて張りのないまぶたをしていた。小鼻は細く、顔色はくすんでいる。

女性は二時間前から待っていたというが、その間きっと、席を替わったりしていないにちがいない。身動きひとつしていなかったことだろう。女性はガラスの仕切りを通してメグレのほうを見たが、ようやく面会できるとか、面会の相手はこの人物なのかと思っているわけではなさそうだった。メグレは待合室のドアを開けて言った。

「わたしの執務室まで一緒においでいただけますか？」

執務室の前まで来ると、メグレは女性を先に部屋の中に通した。女性は驚いた様子で、部屋の真ん中で、一瞬どうしていいかわからないというように立ち止まった。手には、バッグとともに、しわくちゃになった新聞を握りしめている。例の写真が半分見えていた。

「その人物をご存じだということですけ……」

メグレが言い終わらないうちに女性は両手に顔をうずめ、唇をかみしめ、すすり泣きを始めた。そして嗚咽《おえつ》を抑えきれないまま、あえぐように言った。

「これは、わたしの夫です……」

その言葉にメグレは平静を装いながら、重い肘掛け椅子を動かして女性の前に差しだした。

3　ピクピュス通りの薬草店

なんとか話ができるようになると、女性はまずこう言った。

「夫は、ずいぶん苦しんだんでしょうか？」

「いいえ、奥さん。ご主人は即死状態でしたから……」

女性は手に持っていた新聞に目をやったが、次の質問を口に出そうと必死に努力しているようだった。

「あの……口にくわえて……ですか？」

メグレがうなずくと女性は急に落ち着きを取り戻し、床を見つめながら、まるでやんちゃな子どもの話でもするかのような声で厳かに言った。

「あの人は、何をやっても人並みにはできない人でした」

その話しぶりは恋人のようではなく、妻のようでさえなかった。まだ三十にもなっていないであろうに、母親の愛情や、すべてを受け入れる慈愛に満ちた修道女の温かさを感じさせた。

貧しい人々は、絶望を大っぴらに表現することには慣れていないものだ。絶望の中にあっても生活は待ってくれない。毎日の労働や生きていくために必要なことが、休む間もなく追いかけてくるからだ。女性はハンカチで涙を拭いた。泣いて鼻が赤くなっているせいで、容貌が台無しだった。口元は、悲嘆のために歪んだり、メグレのほうを見る時には曖昧な微笑みを浮かべたりを繰りかえした。

「いくつかお訊きしたいことがあるのですが」メグレは自分の机に戻って着席してから尋ねた。「ご主人の名前はルイ・ジュネで間違いありませんか？　最後に家を出たのはいつですか？」

女性はまた泣きだしそうになった。目を涙で潤ませ、ハンカチを指でぎゅっと固く握りつぶす。

「出ていったのは二年前です。でも、ショーウインドーのガラスに顔を押しつけて店の中をのぞいていたことが、一度だけありました。あの時あそこに、母がいさえしなければ……」

気のすむように話をさせるしかない、とメグレは思った。女性はメグレに話すというより、自分自身のために話をしていたからだ。

「わたしたちの生活のこと、全部お知りになりたいんですよね？　そうでないと、どうしてルイがこんなことをしたのかわからないでしょうし……。わたしの父はボージョンで看護師をしていましたが、ピクピュス通りに小さな薬草店を開いていて、そこの経営は母がやっていました。でも六年前に父が亡くなって……。ちょうどその頃、ルイと知り合ったんです」

「六年前ですか。その時ご主人はすでにジュネという名前でしたか？」

「そうですけど……」女性は怪訝《けげん》な表情で答えた。「あの人はベルヴィルの工場《こうば》でフライス工をしていました。ちゃんと稼いでいましたし……。だからわからないんです、どうしてこんなに急にすべてが変わってしまったのか……。あなたにも理解できないと思います……。あの人はすべてに我慢ならないといった感じで……まるで熱に浮かされているようでした」

女性は話を続けた。

「付き合っていたのは一カ月もなかったと思います。すぐに結婚して、あの人はわたしたちのところで一緒に暮らすようになりました。でも店の裏にあった住居は三人で住むには狭すぎたので、母のためにシュマン＝ヴェール通りに部屋を借りることにしたんです。そして薬草店はわたしが引き継ぎました。でも母には充分に暮らしていくだけの貯《たくわ》えがなかったので、毎月二百フランを母に渡していました……。あの頃は幸せでした。本当に幸せだった！　ルイは毎朝仕事に出かけて……。昼間は母がわたしを手伝うために来てくれていました。ルイは、夜はどこにも出かけたりしなかったし……。でも……どうやって説明したらいいのかわからないんですけど、あんなに幸せだったのに、わたしはいつも、何かがうまくいっていないと感じていたんです！　なんていうか、ルイはここは別の世界に住んでいるような感じなんです。そして時々、この世界の空気があの人を打ちのめしているような気がしたんです。あの人はとても心の優しい人でしたから……」

女性は暗い表情で話をしていたが、ぱっと顔を輝かせてこう言った。

「他の男の人がどうなのかは知りませんけど……。あの人は、突然わたしを抱きしめたりすることがありました。そうして、じっとわたしの目を見つめるんです。こちらが苦しくなるくらいに……。それなのに、今度は急にわたしを突き放したりするんです。他の人がそんなことをするのは見たことがありません。それからあの人はため息をついて言うんですよ。《可愛いジャンヌ、本当に、きみのことは愛してるんだ！　だけど……》それでおしまいです。あの人はわたしのほうを見もせずに、他のことを始めてしまうんです。家具を直したり、わたしのために台所道具を作ってくれたり、時計を修理したりして何時間も過ごすんです……。母はあの人のことがあまり好きじゃありませんでした。まさに、彼がふつうじゃないってわかっていたからなんです」

「衣類などの持ち物の中で、ご主人が大切にしていたものはありませんでしたか？」

「どうしてそのことをご存じなんですか？」

女性は怯えたようにびくっと身体を震わせ、早口で言った。

「古い三つ揃いのスーツがそうでした！　洋服だんすの上にボール紙の箱が置いてあったので、ある時わたしはその中に入っていたスーツを外に出して、ブラシをかけていたんです。破れているところも直そうと思っていました。家の中でならまだ着られると思ったので。ちょうどそこにルイが帰ってきたんです。ルイはわたしの手から服をひったくると、ひどく腹を立てて、大声でひどい言葉をわめきちらしました。その夜はずっと、わたしのことが我慢できないといった様子でした。それが、結婚して一カ月後のことです。それ以来……」

女性はため息をついてメグレのほうを見た。こんなつまらない話しかできなくて申し訳ないとでもいうように。

「それ以来、さらにおかしくなったと？」

「でも、それはあの人のせいじゃないんです。本当なんです！　きっと病気だったんだと思います。彼自身、苦しんでいたんです。たとえば、一時間くらい二人で台所にいて一緒に楽しく過ごしていたのに、突然様子が変わってしまうことがあって……。一言も口をきかなくなって、にやっと意地の悪い笑みを浮かべてまわりの物やわたしのほうを見るんです。そうして、おやすみも言わずにベッドに寝にいってしまうんです……」

「友人はいなかったんですか？」

「いませんでした。誰一人、あの人の知り合いがうちに会いに来たことはありませんでした」

「旅行はしていませんでしたか？　手紙が送られてきたことは？」

「ありません。それに、あの人はうちによその人が来るのも嫌がっていました。近所に住んでいる女の人が、ミシンを持っていないので時々うちに来てわたしのミシンを使っていくんですけど、そうするとルイはすぐに機嫌が悪くなって怒りだすんです……。でもそれが、ふつうの怒り方じゃないんです。心の内に秘めた何かを押し殺すようにとてもいうのか……。そして怒りながらも、そのことであの人自身が一番苦しんでいるように見えるんです！　赤ちゃんができたと伝えた時は、彼は正気とは思えないような目でわたしを見つめました……。その時からです。あの人が酒を飲むようになったのは。とくに子どもが生まれてからは、発作的に酒を飲むのを何度も繰りかえすようになりました。でもわたしは、彼が子どもを愛していたんだって、ちゃんとわかってます！　最初の頃にわたしを見つめたのと同じように、時々、愛《いと》おしそうに子どもの顔を見ていましたから。でも次の日には、あの人は酔っぱらって帰ってきて、ドアに鍵をかけて寝てしまい、何時間も、どうかすると数日間も部屋にこもったままなんです」

女性は話を続けた。

「最初の頃は、あの人、泣きながら何度もわたしに謝りました。たぶん母が首を突っこんでこなければ、わたしは彼を引き留めておけたのかもしれません。でも母はあの人に説教したくてたまらなかったので、いつも喧嘩になってしまうんです。とくに、ルイが仕事に行かず、二、三日ずっとうちにいる時はそうでした。終わりの頃には、わたしたち、本当に不幸せになってしまいました。どういうことか、おわかりでしょう？　あの人はますます手に負えなくなってしまって……。母が、ここはあんたの家じゃない、と言ってあの人を追いだしたことも二度ほどありましたし。でも、本当に、彼が悪いわけじゃないんです！　あの人は何かに追いつめられていただけなんです。そう、追いつめられていたんです！　その時もまだわたしを、わたしたちの息子をかもしれませんけど、さっき言ったように愛おしむような目で見つめることがありました。でも、そんなこともだんだん少なくなってしまって……。長くは続きませんでした。最後の喧嘩は本当にひどかった……。母がいて……。ルイが店のレジの金を使ってしまったので、母は彼を泥棒呼ばわりしたんです。あの人の顔は真っ青で、目は赤く血走っていました。いつもの手に負えない時のように……。あれは、気が触れた人の眼だった……。そしてどんどんこっちに近寄ってきて、まるでわたしの首を絞めるみたいにしたので、わたしは怖くなって《ルイ！》と叫んだんです。そしたらルイは出ていってしまいました。ドアをバタンと強く閉めたので、ガラスが割れました」

女性はさらに話を続けた。

「それが二年前の話です。その後近所の人たちが、時々あの人の姿を見かけたようなんですが……。わたしはあの人が働いていたベルヴィルの工場へ行って訊いてみたんですけど、もうここでは働いていない、と言われました。でも、ビールのポンプを作っているロケット通りの小さな作業場で彼を見た人がいるようです。わたしがあの人を見たのは一度だけ、六カ月ほど前にうちの店のショーウインドーのガラス越しにでした。母がまたわたしや息子と一緒に住むようになっていたので、その時も店には母がいました……。わたしはドアのほうに走っていこうとしたのですが、母に邪魔されてしまって……。警視さん、さっき、死ぬ瞬間には夫は苦しまなかったと、はっきりおっしゃってくださいましたよね？　即死だったんですよね？　あの人はね、ほんとに可哀そうな人だったんです。そうでしょう？今はあなたも、そのことをわかってくださったと思いますけど……」

女性は話をしながらこれまでの人生を再体験し、すっかり自分の話に酔いしれていた。そのうえ夫からの影響を強く受けて、自分でも気づかぬうちに、思い出の中の夫と同じような顔つきになっていた。

メグレは、この女性を初めて見た時と同じ印象を再び抱いた。女性と、ブレーメンで指を打ち鳴らして自分の口の中に拳銃の弾を撃ちこんだ男とは、やはり厄介な共通点があると感じたのだ。そのうえ女性は、《夫はまるで熱に浮かされているようだった》と語ったが、いまや女性自身が、心身を苛《さいな》むその熱に取りつかれてしまったらしい。女性は口を閉じたが、全神経をぴりぴりさせていた。そして固唾《かたず》を呑《の》んで、次に起こることを待っていた。

「ご主人は、自分の過去について話したことがありましたか？　子ども時代のこととか？」

「いいえ。口数の少ない人でしたから……。わたしが知っているのは、オーベルヴィリエの生まれだということだけです。でも、わたしはずっと、あの人は分不相応な教育を受けたのだと思っていました。字がとてもきれいだったし……植物の名前も全部ラテン語で言えたんですよ。隣の小間物屋の人が難しい手紙を書かなくちゃいけない時には、うちの人に頼みにきていました」

「ご主人の家族に会ったことは一度もないんですか？」

「結婚する前に、自分は孤児なんだって言ってました。あの、警視さん、もう一つお伺いしたいことがあるんですが……。夫は、フランスに連れ帰ってもらえるんでしょうか？」

メグレが返事を躊躇していると、女性は気まずさを隠すように顔を背けながら言った。

「今は、薬草店は母のものなんです……。だから、お金も母が握っているんです！　母は、あの人の遺体を帰国させるための費用なんて出したがらないでしょうし……わたしのほうから彼に会いに行くための金だってくれないにきまってます！　ですから……」

女性は喉を詰まらせ、床に落ちたハンカチを拾うためにさっと身をかがめた。

「奥さん、ご主人を連れ帰るために必要な手続きはわたしのほうでしますよ」

その言葉を聞くと、女性は感極まった表情でメグレに微笑みかけ、頬を流れる涙をぬぐった。

「理解してくださったんですね。わたしにはわかります！　警視さんは、わたしと同じように考えてくださった！　あの人は悪くないんです！　ただ、可哀そうな人なんです！」

「ご主人は大金を所持していましたか？」

「給料だけでしたけど……。最初の頃は、わたしに全部渡してくれていました……。でも、酒を飲むようになったので……」

そう言うと女性はもう一度かすかに微笑んだ。とても悲しげな、それでいてとても慈愛に満ちた微笑みだった。

女性は少し落ち着きを取り戻して帰っていった。細い毛皮の襟を首の周りで締め、左手には来た時と同じく、バッグと、小さく折りたたんだ新聞を握りしめて。

ロケット通り十八番地でメグレが見つけたのは、最低ランクのホテルだった。この辺りは、バスティーユ広場から五十メートルも離れていない。ダンスホールやいかがわしい店が立ち並ぶラップ通りも、この近辺でロケット通りに通じている。

道路に面した一階には居酒屋や宿屋が並び、ごろつきや万年失業者、移民や女たちが出入りしている。だが、悪党の巣窟のようなこの不穏な界隈にも、ところどころに小さな工場が点在していた。荷物を積んだトラックが行き交う中、作業場のドアを開け放し、職人たちがハンマーや酸水素吹管を使って作業している。きちょうめんな職人たちや、陸上貨物の運送状を手に慌ただしく行き交う従業員たち。いっぽうでその界隈をうろつくみすぼらしい、あるいは厚顔な者たち。現実の暮らしのまったく対照的な姿がここにあった。

「ジュネはいるか！」

ロケット通り十八番地の中二階にあるそのホテルで、事務室のドアを押し開けながら、メグレは唸るように言った。

「ここにはいないよ！」

「部屋はまだとってあるのか？」

相手が警察だと察知したのか、ホテルの主人は不機嫌な声で答える。

「ああ、十九番の部屋だ」

「週払いか？　それとも月払い？」

「月払いだよ！」

「ジュネ宛ての荷物があるだろう？」

主人は初めのうちはメグレを適当にやり過ごそうとしていたが、最後には、ジュネがブリュッセルから自分宛てに送った小包を出してきた。

「同じようなものがたくさん来たんじゃないのか？」

「時々ね」

「他に手紙や何かはなかったのか？」

「ないね！　たぶん、受けとったのは全部で小包三個だ。静かな男だよ。いったいどうして、警察がそんな男を追い回すのかわからないね」

「仕事はしていたのか？」

「この通りの六十五番地でね」

「きちんと毎日？」

「そりゃ日によるな。何週間かは続けて働くし、何週間かはそうじゃない」

メグレは主人に鍵を出させてジュネの部屋に入ってみたが、中にはほとんど何もなかった。もう履けない靴が一足。片方の靴底が完全に剝《は》がれている。アスピリンが入っていた容器が一つ。隅に放置されている作業着が一着。それだけだった。

メグレは中二階に降りて、もう一度宿の主人に質問した。主人によると、ルイ・ジュネは訪ねてくる者もなく、女たちとも関わらず、時々三、四日程度の旅に出る以外はきわめて単調な生活を送っていたという。

だが人は、何かしらのおかしなところがなければ、こんな界隈で、こんなホテルに暮らしたりはしないものだ。主人もメグレと同様の考えらしく、最後にはぶつぶつ言いながら話し始めた。

「そちらさんが思ってるようなことじゃないよ。あの男の場合は、酒が問題でね！　それもただの酒飲みじゃない！　まるで発作が起きたみたいに飲むんだから……。うちでは女房と二人で《九日間の祈り《ノヴェナ》》と呼んでたよ。何日も連続して飲み続けるんでね。三週間はまじめに毎日仕事に行く。そのあと今度はしばらく飲み続けて、ぐでんぐでんに酔っぱらってベッドにぱたんと倒れこむってわけだ」

「挙動に怪しいところはなかったか？」

メグレの質問に主人は肩をすくめた。このホテルに怪しくない人間など来るはずがないとでも言うように。

メグレはホテルを出て、六十五番地に行ってみた。通りに面した広い作業場でビールの詰め替え機器を製造している工場だ。応対に出た職工長は、新聞に載ったジュネの写真をすでに見ていた。

「ちょうど警察に手紙を書こうかと思っていたところでしたよ！　あの若者は、先週まではまだここで働いていたんですからね。時給八フラン五十サンチームを稼いでいましたよ！」

「働いている時にはね！」

「おや、ご存じなんですか？　そのとおり、働いている時には、です。そういう連中は大勢いるんですよ。でもね、ふつう他の連中は、しょっちゅう飲んだくれてるとか、毎週土曜日に羽目を外して酔っぱらうっていうのが多いんです。ですがあの若者の場合は、突然なんの前触れもなく、一週間ぶっ続けで飲んで酔っぱらってるんですからね。一度だけ、急な仕事が入ったので、ホテルの部屋まで会いにいったことがあるんですよ。そしたらまあなんと！　部屋の中で独りぼっちで飲んでいてね、ベッド脇の床に酒瓶を置いて、ラッパ飲みしていましたよ……。まあ、陽気な酒じゃないことは確かですね！」

オーベルヴィリエでは、メグレは何ひとつ収穫を得られなかった。ルイ・ジュネなる人物の名は、日雇い労働者ガストン・ジュネと家政婦ベルト・マリー・デュファンの息子として、住民登録台帳に記載されていた。ガストン・ジュネは十年前に死亡し、妻はこの地を去っていた。ルイ・ジュネについては何もわからなかった。六年前に、出生証明書を請求する手紙をパリから送ってきたことがわかっているだけだ。

だが、あのパスポートが偽物であったことに変わりはなく、したがって、ピクピュス通りの薬草店の娘と結婚して息子をもうけ、その後ブレーメンで自殺したあの男が本物のジュネではないことにも変わりはないのだ！

警視庁の犯罪記録台帳からも、新しい情報は得られなかった。ジュネという名は記録になく、またドイツで自殺した男から採取された指紋と一致する指紋もなかった。つまり、自殺したあの男は、フランスでは一度も罪を犯していないということだ。国内だけではない。欧州各国にも照会したが、外国でも犯罪の記録はなかった。

したがって、あの男の過去に関しては六年しか遡《さかのぼ》ることができない。つまり、フライス工をしていたルイ・ジュネなる人物は、まじめな工員として働き、暮らしていた。そして結婚した時には、すでにこのB服を所持していた。このB服が妻との初めての喧嘩を引きおこし、数年後にはおそらく自殺の原因となった。男は誰とも付き合わず、手紙を受けとることもなかった。ラテン語の知識があり、そのことからすると、平均以上の教育を受けたようだ。

メグレは執務室に戻ると、ドイツ警察宛てに遺体の返還を依頼する文書を作成し、通常業務をてきぱきと片付けた。そして苦々しく思いながらも、心を決めてもう一度あの小さな黄色っぽいトランクケースを開けた。中には、ブレーメンの鑑識官が丁寧にタグを取りつけたスーツが入ったままだ。

メグレはトランクケースの中に、ベルギーの千フラン札三十枚が入った小包を入れた。だが急に思いたって包みのひもを外し、すべての紙幣の番号をメモした。そして、それを一覧表にしてブリュッセルの警察に送り、紙幣の出所を調べてくれるよう依頼した。

メグレはこうしたすべての作業を、ゆっくりと時間をかけて入念におこなった。今一生懸命やっている仕事は必ず役に立つのだ、と自分に信じこませるかのように。だが時々は、並べた写真を恨みがましく眺めてみたり、筆が止まったり、パイプの吸い口をかみしめたりすることもあった。

やがて、しかたがないのでそろそろ仕事を終えて家に帰り、捜査の続きは明日にまわそうと思ったその時、ランスから電話が入っていると告げられた。電話の主はランスのカルノー通りにある〈カフェ・ド・パリ〉の主人で、新聞に写真が載っていた男が、六日前に自分の店に来たのだという。主人の記憶では、その客は最後のほうにはすっかり酔っぱらってしまったので、酒の提供を断らざるを得なかったらしい。

メグレは、どうするべきか考えた。ランスという街の名前が出てきたのはこれが二度目だ。男が履いていた靴は、ランスで購入されたものだった。だがあの靴はもうボロボロで、買ったのは少なくとも数カ月前にちがいない。ということは、ルイ・ジュネがランスに行ったのはたまたまではないということだ。

一時間後、メグレはランス行きの急行列車に乗った。そして夜十時にランスに到着した。〈カフェ・ド・パリ〉はかなりの高級店で、ブルジョワ階級の客でいっぱいだった。ビリヤード台は三つとも使用中で、そこここのテーブルで客がトランプに興じている。

フランスの地方には昔からよくあるタイプのカフェだった。客はレジ係の女性と握手し、ウェイターは客を親しげに名前で呼ぶ。町の名士や地元経済界を代表する人々が集《つど》う場所だ。ところどころに、丸い蓋を閉じると球状になる、ニッケルめっきの容器が置かれており、中には、ウェイターが使用するための白い布巾が入っていた。

「さきほどお電話いただいた警視ですが……」

店の主人はカウンターの脇に立って従業員を監督しながら、ビリヤードをする客たちにアドバイスを与えていた。

「ああ！　それはそれは……。そうですか……。知っていることはもうすべてお話ししたのですが……」

主人は少し戸惑ったように、小声で話した。

「そうですね……。その客は、そこの角の席に座っていましたよ。三つめのビリヤード台のそばです。コニャックを注文して、二杯目三杯目も同じものを注文しました。その時も、だいたい今と同じくらいの時間だったと思いますが……。他のお客さんたちはみんなその客のことを白い目で見ていましたよ。というのも……なんというか……。うちの店にはちょっと場違いな風采でしたからね」

「荷物を持っていましたか？」

「古いトランクケースを持っていましたね。留め金が壊れてましたよ。店を出る時に蓋が開いてしまって、中の古着が床に落っこちたんです。それで、かばんを縛りたいからひもをくれと言われまして……」

「誰か他の客と話をしていましたか？」

主人はビリヤードをしている客の一人に目をやった。背の高い細身の青年で、洗練された服装をしている。強いプレーヤーらしくキャロムショットを成功させ、他のプレーヤーたちも尊敬の念をもってその後を追っているようだ。

「とくには誰とも……。そうだ、何かお飲みになりませんか？　あそこに座りましょう、ほら、どうぞ！」

主人は、トレーが積み重なった、少し離れた場所にあるテーブルを選んだ。

「夜中の十二時になる頃には、その客はこの大理石みたいに蒼白な顔になってましたよ。コニャックを八杯か九杯は飲んだんじゃないですかね……。嫌な感じに目が据わっちゃいましてね。アルコールが入るとそうなる人がいるもんです。騒いだりわめいたりするわけじゃないが、あるところまで来ると、いきなりバタンと倒れてしまうんです。みんな、あの客もそうなるんじゃないかと思ってましたね。ですからわたしは、もうこれ以上酒は出せないと言いにいったんです。とくに文句も言われませんでしたが……」

「ビリヤードの客はまだいたんですか？」

「今、あそこの三つめのビリヤード台にいる人たちがまだいましたね……。あの人たちは毎晩やってくる常連さんなんですよ。競技会をやるためにクラブを作っているんです。それで、その客は帰ろうとしたんですが、その時にかばんが開いて中身が落ちてしまったというわけです。まったく、あんなに酔っぱらっていて、よくひもが結べたものだと思いますよ。それから三十分ほどして店を閉めました。そこのお客さんたちはわたしと握手をして帰っていきましたが、その時誰かが言ってましたよ。『きっとどこかのどぶの中で、さっきの酔っぱらいにまた会うんじゃないか？』とね」

主人はもう一度、ビリヤードをしているその優雅な客に目を向けた。よく手入れされた白い手、申し分のないネクタイ。ビリヤード台の周囲を歩くたびにエナメルの靴がキュッキュッと音をたてる。

「まあ、全部お話ししちゃいけない理由もないと思うので……。それに、これはたぶん、たまたまか、それとも何かの間違いだろうから……。実は、各地を回っているセールスマンがいましてね、毎月ここにやってくるんです。あの夜も店に来ていたんですが、その男が翌日になってわたしにこっそりと言うんですよ。夜中の一時頃、あの酔っぱらいとベロワールさんが並んで歩いているのを見たってね。そのうえ、二人一緒にベロワールさんの家に入っていったそうなんです……」

「ベロワールというのは、あそこにいる背の高い金髪の人？」

「そうです……。ここから五分のところにある、ヴェル通りのきれいなお屋敷に住んでいましてね。銀行の副支店長ですよ」

「そのセールスマンは、今日はここには来ていないんですか？」

「来ていません。今頃は、いつものように東部を回っていますよ。来月の中旬にならないと戻ってこないでしょう。わたしはね、見間違いじゃないかって言ったんですが、間違いないって言い張るんですよ。そこでわたしも、冗談でベロワールさんにその話をしてやろうかと思ったりしたのですが……。でもまあ、やめておきました。そんなことを言われたら、きっと気を悪くするでしょうからね。そうでしょう？　ですから、今お話ししたことは口外しないでいただきたいんです。とにかく、少なくともわたしの口から出た話だと思われないようにしてほしいんです。こういう商売をしているとどうしてもね……」

　その人物はビリヤードで四十八点を挙げると、皆の反応を確かめるように周囲を見渡し、キューの先端のティップに緑のチョークを塗っていた。だが、メグレと一緒にいる店の主人の顔を見ると、かすかに眉をひそめた。なぜなら、とぼけてなんでもないふりをしようとする人々がそうであるように、店の主人も、まるで陰謀を企んでいるかのような不安な顔つきになっていたからだ。

「今度はあなたの番だよ、エミールさん！」

　ベロワールが遠くから主人に声をかけた。

4　予期せぬ訪問者

それはまだ新しい屋敷だった。洗練されたシルエットで、建材にも凝ったものを用いている。すっきりとして、快適で、適度にモダンで、そして豊かな財力があることを示していた。目地を塗りなおしたばかりの赤レンガ、大きな切り石、銅で装飾が施されたニス塗り仕上げのオークの扉などが目に入ってくる。

時刻はまだ朝の八時半だ。メグレがこんな早い時間にやってきたのは、ベロワール家の日常生活を垣間見ようという意図があってのことだった。

表から見た屋敷の外観は銀行の副支店長宅にふさわしいものだったが、真っ白なエプロン姿の家政婦が扉を開け、家の中の様子が見えてくると、その印象はさらに強まった。目の前には広い廊下が続き、突き当たりに鏡張りのドアがある。壁は大理石模様で、床は濃淡二色の花崗岩が幾何学模様を描いていた。

廊下の左手には、明るい色のオーク材の両開きドアがあった。ドアの向こうには居間とダイニングルームがあるようだ。コート掛けには何着か服が掛かっている。その中に四、五歳の子どものものと思われるコートがあった。ぽってりと丸みを帯びた傘立てからは、丸い金の取っ手がついた籐《とう》のステッキが顔を出している。

メグレはこの、堅実に営まれている日々の暮らしの気配にちらりと目をやっただけで、それにゆっくりと浸る暇はなかった。ベロワール氏の名を口にするや否や、家政婦が待ち構えていたように答えたからだ。

「ご案内しますので、どうぞこちらへ。皆様すでにお待ちでいらっしゃいます」

家政婦は、鏡張りのドアのほうに向かって廊下を歩いていく。その後に従いながら、メグレはわずかに開いていた左手の別のドアの隙間から、中の様子を垣間見た。清潔で暖かそうなダイニングルーム。食事の準備が整ったテーブル。部屋着姿の若い女性と四歳くらいの男の子が朝食をとっている。

突き当たりの鏡張りのドアを開けると、明るい色の板張り階段があった。赤い唐草模様の絨毯《じゅうたん》が敷きつめられ、一段一段、真鍮《しんちゅう》製の絨毯ホルダーで押さえられている。

二階の踊り場に着くと、そこには大きな緑の植物が置いてあった。家政婦はといえば、すでに別のドアノブに手をかけている。どうやらここが書斎のようだ。家政婦がドアを開けた。三人の男が同時にこちらを振り向く。

その瞬間、その場に衝撃が走った。重苦しく、気まずい雰囲気。さらには極度の不安のせいか、男たちの眼差しが険しくなる。ただ一人、何も気がつかない家政婦がごく自然に言った。

「よろしければコートをお預かりいたしますが……」

三人の男のうちの一人は、確かにベロワールだった。金髪をきれいに整えている。その隣の、ベロワールほどには身なりの良くない男は、メグレの知らない人物だ。そして三人目はなんと、ブレーメンの実業家ジョゼフ・ヴァン・ダムだった。

二人の男が同時に口を開いた。一人はベロワールで、眉をひそめながら足を一歩前に踏みだし、外見と同様の、やや冷淡でやや尊大な声で言った。

「あなたはいったい……？」

それと同時にヴァン・ダムが、先日と同様の気さくさを装いながらメグレに手を差しだし、叫んだ。

「おやおや、なんてことだ！　ここでまたお会いするとは、なんという偶然でしょうかね？」

もう一人の男は黙ったまま、訳がわからないというように成り行きを見守っている。

「お邪魔して申し訳ありませんね」メグレは言った。「こんな朝早くに会合があるとは思わなかったので、お邪魔するつもりではなかったのですが……」

「いやいや、とんでもない！　大丈夫ですよ！」ヴァン・ダムが答える。「どうぞおかけください！　葉巻でもいかがですか？」

ヴァン・ダムはずっと話し続けながら急いでマホガニーの机に向かうと、その上に置いてある箱を開け、自らハバナ葉巻を選びだした。

「今わたしのライターを出しますから待っててくださいね！　検印付きの葉巻じゃないからって、違反の調書をとったりなさらないでしょうね？　……どうしてブレーメンにいる時に、ベロワールと知り合いだとわたしにおっしゃってくださらなかったんです？　知っていたなら、道中ご一緒できたかもしれなかったのに！　わたしも数時間後にブレーメンを発ったんですよ。仕事の電報が入って、急にパリに行く用事ができてしまって。それで、ついでにベロワールに会いにここに寄ったというわけなんです」

ベロワールはよそよそしい態度を崩さず、説明を求めるように、メグレとヴァン・ダムを交互に見比べている。メグレはベロワールのほうを向いて口を開いた。

「わたしの用事はできるだけ手短に済ませるようにしますよ。どなたかがいらっしゃるのをお待ちのようですから」

「わたしがですか？　どうしてそれをご存じで？」

「簡単なことですよ！　おたくの家政婦さんは皆さんがわたしを待っていると言われたが、わたしが待たれているはずはないわけで、ということは明らかに……」

心ならずも目が笑ったが、顔の表情は変えずに続けて言う。

「司法警察局の、警視のメグレです。たぶん、昨夜〈カフェ・ド・パリ〉でわたしをお見かけになったんじゃありませんか？　ある事件のことで情報収集をしていたのでね」

「まさか、あのブレーメンのことじゃあないですよね？」

ヴァン・ダムが屈託のなさを装って尋ねる。

「まさにその件ですよ！　……ベロワールさん、この写真を見ていただけますか？　先週の夜あなたがこの家に迎え入れたのは、この写真の男なのではありませんか？」

メグレは死んだ男の写真を差しだした。ベロワールはそれを受けとってのぞきこむようにしたが、写真を見てはおらず、視線を向けてさえいなかった。

「こんな男、知りませんよ！」

写真をメグレに返しながら、ベロワールは強い口調で答えた。

「〈カフェ・ド・パリ〉から帰る途中で声をかけてきたのは、この男ではないのですね？」

「いったいなんの話です？」

「しつこくお尋ねしてすみません。実は今、ある情報について調べていまして。まあ、つまらない情報なんですが……。ともかく、それで、警察にご協力いただけるものと確信してこうしてお邪魔したわけです。その夜、ある酔っぱらいが、あなたが試合をしていた三台目のビリヤード台のそばの席に座っていて、すべての客の注意を引いていたそうですね。酔っぱらいはあなたより少し前に店を出て、その後あなたがご友人たちと別れた後に、あなたに近づいた……」

「そういえばそんなことが……。タバコの火をくれと言われたんだ……」

「それでその男をつれて、この家に帰ってこられたんですね？」

ベロワールは意地の悪い薄笑いを浮かべた。

「誰がそんなでたらめを吹きこんだのかは知りませんが、ごろつきを家に集める趣味はありませんよ……」

「その男が友人だと気がつかれたとか、あるいは……」

「友人なら、もっとまともなのを選びますよ！」

「それでは、お一人で家に帰られたと？」

「そのとおり……」

「その男は、先ほどお見せした写真の男と同じでしたか？」

「わからないな……。男の顔など見てもいないので……」

ヴァン・ダムは、やりとりを聞きながらありありといらだちをにじませ、何度かは話に割って入りそうな勢いになっていた。三人目の人物は、小さな褐色のあごひげを生やし、今もまだ一部の芸術家たちがそうしているように黒い服を着ていたが、一人でずっと窓の外を眺め続け、自分の呼気でガラスが曇ると時おりそれを拭いていた。

「そういうことであれば、わたしはもう、あなたにお礼と、それからもう一度お詫びを申し上げて退散するしかなさそうですね、ベロワールさん」

「ちょっと待ってくださいよ、警視さん！」ヴァン・ダムが声をあげた。「このまま帰ってしまわれるわけじゃあないでしょうね？　もう少し我々とご一緒してくださいよ。ベロワールが、いつもストックしている年代物のコニャックを振る舞ってくれますから。ほら、ブレーメンで夕食にお誘いしたのに、来てくださらなかったじゃないですか。あの後ずっとお待ちしてたんですよ……」

「あなたは列車で移動されたんですか？」

「飛行機ですよ！　いつも移動はほとんど飛行機です。実業家はだいたいそうなんですがね！　それでパリに行ったら、古い友人のベロワールに急に会いたくなったというわけです。大学時代に一緒に勉強した仲なんですよ」

「リエージュでですか？」

「そうですが……。でも、もう十年もの間会っていなくて……。彼が結婚していたことさえ知らなかったんですからね！　いつのまにか大きな子どものパパになっていたなんて、なんだか妙な感じですよ！　それはそうと、まだあの自殺者の件に関わっておられるんですか？」

ベロワールは呼び鈴を鳴らして家政婦を呼び、コニャックとグラスを持ってくるように言った。一つ一つの動作を意識的にゆっくり正確におこなおうとしている様子からは、気持ちの高ぶりが見てとれた。

「捜査は始まったばかりなので」メグレはさらりとつぶやくように言った。「長引くものか、それとも一日二日で解決できるものか、まだわからないんですよ」

その時、玄関の呼び鈴が鳴り響いた。三人の男たちが密かに視線を交わし合う。階段から声が聞こえてきた。かなり強いベルギー風のアクセントで誰かが話している。

「みんなもう上にいるの？　場所はわかっているから……。大丈夫！」

そしてドアが開き、声の主が大声で挨拶した。

「やあ、みんな！」

だがその言葉は、重苦しい沈黙の中に消えていった。男はその場を見まわし、メグレの姿を認めると、問いかけるような視線を仲間に送った。

「お待たせ……してしまったのかな……？」

ベロワールが顔を引きつらせながらメグレのほうに進みでた。

「こちらは友人のジェフ・ロンバールです」

不本意そうに紹介すると、今度は一言一言、はっきりと言葉を区切りながら言う。

「こちらは、司法警察局の、メグレ警視だよ……」

その言葉に、新たな客は動揺したらしい。

「ああ！　なるほど……それはそれは……」

男は滑稽なほどの抑揚で反射的にもごもごとつぶやいた。そして狼狽した様子でコートを家政婦に渡したかと思うと、コートのポケットに入ったままのタバコを取りに家政婦の後を追っていった。

「彼もベルギー人なんですよ。警視は今まさに、まぎれもないベルギー人の会合に立ち会っていらっしゃるというわけです。なんだか陰謀でも企てているように見えるかもしれませんが……。ベロワール、コニャックは？　警視さん、葉巻はいかがです？　……今もリエージュに住んでいるのは、ジェフ・ロンバールだけなんですよ。偶然にも、仕事の関係で全員が時を同じくして同じ場所に来られることになったので、この機会に楽しく酒でも飲もうと決めたわけなんです！　もしよろしければ……」

　ヴァン・ダムは話しながら、少し躊躇するように仲間のほうを見た。

「……ブレーメンで夕食をごちそうするつもりだったのにすっぽかされてしまいましたからね……。この後、是非わたしたちと昼食をご一緒してくださいよ」

「残念ながら、やらなければいけないことがありますので」メグレは答えた。「それに、これ以上皆さんのお邪魔をしないよう、そろそろ失礼する時間です」

　ジェフ・ロンバールがテーブルに近寄った。背が高くやせており、手足が長い。均整のとれていない顔は、血の気が引いて青ざめている。

「ああ、写真はここに置いたのか」メグレは独り言のように言った。「ロンバールさん、あなたには、この男を知っているかどうかはお伺いしませんよ。偶然に奇跡が重なりでもしない限り、ご存じのはずがありませんからね」

　そう言いながらも、メグレはロンバールの顔を見ながら写真を目の前に差しだした。ロンバールの大きな喉ぼとけがさらに突きだし、上から下へ、下から上へと、奇妙な動きを繰りかえす。

「知りませんね……」

　ロンバールがかすれた声を絞りだした。ベロワールはよく手入れされた爪で机をトントンと叩いている。ヴァン・ダムは何か言うべきことはないかと思案しているようだ。

「それじゃあ、招待を受けてくださらないんですか、警視さん？　パリにお戻りになるんですか？」

「まだわかりません。それでは皆さん、失礼します」

ヴァン・ダムがメグレに握手を求めたので、他の仲間たちも同じようにせざるを得なくなった。ベロワールの手は素っ気なくこわばっていた。あごひげの男の手はためらいがちに差しだされた。ジェフ・ロンバールは書斎の隅でタバコに火をつけていたが、もごもごとつぶやき軽く会釈しただけだった。

メグレは書斎を出ると、大きな磁器製の鉢から伸びる緑の植物の脇を通りすぎ、真鍮製のホルダーで押さえられた絨毯を再び踏みしめながら階下に降りた。廊下ではバイオリンの高い音が聞こえてきた。子どもが弾いているらしく、女性の声がする。

「そんなに急がないで……。肘をあごの高さに……。もっとゆっくり！」

メグレは外に出ると、カーテン越しに居間の中をちらりとのぞいた。ベロワール夫人とその息子にちがいなかった。

午後二時、メグレは〈カフェ・ド・パリ〉で昼食を終えた。するとヴァン・ダムが店に入ってきて誰かを探すように店内を見まわし、メグレの姿を見つけると笑みを浮かべて近寄り、手を差しだした。

「これがあなたのおっしゃった、やらなければいけないことなんですね！　一人っきりでレストランで食事をされているなんて！　……わかっていますよ。わたしたちの邪魔をしたくなかったんですよね」

確かに、この種の人間はいるものだ。招かれもしないのにうるさくつきまとい、歓迎されていないことに気づこうともしない。ヴァン・ダムは、明らかにその種の人間に属していた。

メグレは冷淡な態度をとることに意地の悪い喜びを感じていたが、ヴァン・ダムは同じテーブルの席についた。

「もう食事はお済みになったんですね？　それでは、食後酒はいかがですか？」そう言ってウェイターを呼ぶ。「そうですね、何をお飲みになりますか、警視さん？　古いアルマニャックでもどうです？」

ヴァン・ダムは食後酒のリストを持ってこさせてから店の主人を呼び、結局一八六七年のアルマニャックを注文し、試飲用グラスを要求した。

「ところで、これからパリにお帰りになるんですか？　わたしも午後パリに行くんですよ。

でも、列車が大嫌いなので、車を借りあげようと思っているんです。もしよろしければ、ご一緒にお連れしますよ。……それで、わたしの友人たちのことは、どう思われましたか？」

ヴァン・ダムはアルマニャックが運ばれてくると、まるで批評するように香りを嗅いでから喉に流しこみ、ポケットから葉巻ケースを取りだした。

「どうぞお一つ。なかなかの品ですよ。ブレーメンでこれを扱っている店は一軒だけなんです。そこはキューバのハバナから直接輸入しているんですよ」

メグレは、何も読みとれない表情と、何を考えているのかまったくわからない眼差しを崩さない。

「何年もたってから再会するというのも、妙な感じですよね」

沈黙には耐えられないとみえて、ヴァン・ダムが再び口を開いた。

「二十歳の時にはみんな、いわば、同じスタートラインに立っていたわけです。ところがしばらくして再会してみると、自分たちの間に深い溝ができていることに驚いてしまう……。友人の悪口は言いたくありませんが……。そうはいっても、さっきベロワールの家にいた時も、居心地がよかったとはいえませんでしたからね」

ヴァン・ダムはさらに話を続ける。

「地方都市のこの重苦しい雰囲気ときたら！　ベロワールだって身なりに神経をつかってめかしこまなきゃいけないようですしね！　ですがまあ、彼はかなり成功したわけですよ。モルヴァンドーの娘と結婚しましたからね。ベッドの金属製フレームを作っているモルヴァンドーです。奥さんの兄弟は皆その業界にいるんです。ベロワール自身も、銀行でかなりいい地位についていますしね。いずれは支店長になるでしょう」

「小さなあごひげの人はどうなんです？」メグレが尋ねた。

「彼ですか……。成功するかもしれませんが……。今のところはどうやら金に困っているようなんです。パリで彫刻家をしているんですがね。才能はあるようなのですが……。でもまあ、どうすることもできません。あなたもご覧になったでしょう、彼が前世紀のような服装をしていたのを……。今風なところがまったくないんですよ！　商売の才能が欠如しているんです」

「ジェフ・ロンバールは？」

「この世でもっとも善良な男ですよ！　若い頃は、いわゆるひょうきん者でしたね。何時間でも人の注意を引きつけていられるような……。本当は画家を志していたんですが……。生活のために新聞の挿絵を描いていましてね。その後リエージュで写真製版の仕事を始めたんです。結婚して……たしか、もうすぐ三人目の子どもが生まれるはずです」

ヴァン・ダムが言葉を続ける。

「ここだけの話、彼らと一緒にいると息が詰まりそうでしたよ！　ちっぽけな人生にちっぽけな悩み……。もちろん彼らが悪いわけじゃないんですが、わたしとしては、早くビジネスの世界に戻りたくてしかたがありませんでしたよ」

ヴァン・ダムはグラスを空けると、ほとんど客のいない店内を見渡した。ウェイターが一人、奥のテーブルで新聞を読んでいる。

「それじゃあ、よろしいですね？　パリまで、わたしとご一緒していただけますね？」

「しかし、さっきまで同じ場所にいた、あの小さなあごひげの人は連れていかないんですか？」

「ジャナンを？　いやいや！　今頃はもう列車に乗っていますよ」

「結婚しているんですか？」

「結婚しているわけではないんですが、つねに、誰か一緒に暮らしている女の人はいますね。一週間だったり、一年だったりしますが……。すぐに相手を変えるんです。そしていつもその人を、ジャナン夫人だといって紹介するんですよ」

ヴァン・ダムはウェイターを呼んだ。

「これのお代わりを！」

メグレは話を聞きながら、時に自分の目つきが鋭くなってしまうのを隠さなくてはならなかった。

その時店の主人がやってきて、電話がかかってきていることをそっとメグレに告げた。パリ警視庁には〈カフェ・ド・パリ〉の電話番号を教えておいたのだ。

電話の内容は、ブリュッセルからパリ司法警察局に電話で届いた情報に関してだった。ベルギー・ジェネラル・バンクからルイ・ジュネという名の人物に支払われた千フラン札三十枚は、モーリス・ベロワールの署名により振りだされた小切手を換金したものだという。

メグレが通話を終えて電話ボックスのドアを開けると、ヴァン・ダムは見られているとは知らず表情を緩めたままにしていた。そのため、いつものようにふくよかで血色のよい人物には見えず、快活さも楽天的な様子も影を潜めていた。やがて自分に視線が注がれていることを感じたのだろう、ぶるっと身震いすると、反射的に陽気な実業家に戻った。そして声をかけてきた。

「心は決まりましたか？　わたしにご同行いただけますね？　……ご主人、ここに車を呼んでもらえるかな？　二人でパリまで行くから。乗り心地のいい車を頼むよ。それまで飲むから、グラスに酒を注《つ》ぐよう言ってくれるかい」

ヴァン・ダムは葉巻の端をかんだ。そしてテーブルの大理石板を見つめたかと思うと、ほんの一瞬、瞳を曇らせ、タバコが苦すぎたかのように口角を下げた。

「外国で暮らしていると、フランスのワインや酒の良さがよくわかるものですね！」

ヴァン・ダムの言葉が空虚に響く。その言葉と、この男の頭の中で巡っている思考との落差がどうしても感じられてしまうからだろう。

その時ちょうど、ジェフ・ロンバールが道路を歩いていくのが見えた。チュールのカーテン越しで、輪郭が少々ぼやけている。一人で、大股だがゆっくりと、街の様子には目もくれずに、元気なく歩いていく。手に持った旅行かばんを見て、メグレは黄色い二つのトランクケースのことを思いだしたが、その旅行かばんは少なくとももっと上質で、革のストラップが二本と名刺入れがついていた。靴の踵はともに片側が擦り減っており、服は毎日ブラシをかけて手入れされているようには見えなかった。ジェフ・ロンバールは、徒歩で駅の方向に消えていった。

いっぽうヴァン・ダムはといえば、指に大きなプラチナのシグネットリングをはめ、アルコールのぴりっとした香りをアクセントに、芳《かぐわ》しい葉巻の煙に包まれている。奥からは、ガレージに電話をして車の手配をしている店の主人のささやき声が聞こえてきた。

今頃ベロワールはあの新しい家を出て、銀行の大理石の扉に向かっているにちがいない。

そして夫人は、息子を連れて並木道を散歩していることだろう。皆がベロワールに挨拶する。義父はこの地の経済界の大物で、義理の兄弟たちもその業界の人間なのだ。ベロワール自身も前途は洋々だ。

小さな黒いあごひげを生やし、大きな蝶結びネクタイをしめたジャナンは、パリに向かっている最中だろう。間違いなく三等車だ。賭けてもいい、とメグレは思った。

そして序列の最下層にいるのが、青白い顔をしたノイシャンツとブレーメンの旅人だ。ピクピュス通りで薬草店を営む女性の夫であり、ロケット通りのフライス工、孤独な酔っぱらい。店のショーウインドーのガラス越しに妻の姿を見にいった男。まるで古新聞を包むように紙幣を包んで自分宛てに送った男。駅の食堂でソーセージをはさんだパンを買った男。そして、自分のものではない古いスーツを取られたからといって口の中に銃弾を撃ちこんだ男。

「警視、聞こえてますか?」

メグレははっとして、ぼんやりしたまま視線を相手に向けた。ヴァン・ダムは、あまりにうつろなその視線に戸惑い、笑おうとしたがうまくいかず、口ごもりながら言った。

「夢でも見ておられたのですか?　……心ここにあらずという感じでしたが……。きっとまたあの自殺者の件で頭を悩ませていらしたんでしょう……」

そういうわけでもないのだが、とメグレは思った。というのも、声をかけられたその瞬間、自分でもなぜだかわからないのだが、妙な計算をしていたのだ。今回の件に関わっている子どもの数を数えていたのだった。ピクピュス通りに一人。ミントとゴムの香りがする店の中で、母親と祖母の間にいる子どもだ。そしてランスに一人。バイオリンの弓を弦の上に滑らせながら、肘をあごの高さに保とうと練習している子どもだ。そしてリエージュのジェフ・ロンバールの家に二人。もうすぐ三人目も生まれる……。

「最後のアルマニャックをいかがです？」

「ありがとう……。でも、もうこれで充分」

「いいじゃないですか！　出発前に、別れを惜しんで鐙《あぶみ》の別杯といきましょう。もっとも、今日の旅は馬じゃなくて車だから、ステップの別杯かな」

ヴァン・ダムは一人で笑った。つねに笑う必要を感じているかのように。地下室に降りるのが怖くてたまらないので、自分には勇気があると思いこむために口笛を吹く少年のように。

5 リュザンシーでのパンク

しだいに日が暮れていく中、車はスピードを出して走った。その間、車内が三分以上の沈黙に包まれることはほとんどなかった。ジョゼフ・ヴァン・ダムがつねに話題を見つけ、アルマニャックの勢いもあって快活さを失わなかったからだ。

車は高級車だったが旧式で、座席のクッションはくたびれていた。花挿しと寄木細工の小物入れがついている。運転手はトレンチコートを着て、首には毛糸のマフラーを巻いていた。

出発してから二時間ほど走った頃、運転手がエンジンを止め、車を道路わきに停めた。町までまだ一キロはある場所で、霧の中ぼんやりとわずかに町の灯火が見える。運転手は車から降りるとかがんで後輪をのぞきこんだ。それから後部座席のドアを開け、タイヤがパンクしたので修理に十五分ほどかかると告げた。二人は車から降りた。運転手はすでに車軸の下にジャッキを設置しており、手伝いは不要だと言う。

少し歩いてみようかと言いだしたのは、メグレとヴァン・ダムのどちらだっただろうか？　実際にはどちらでもなかったのかもしれない。自然な成り行きだった。最初は道路沿いに歩いていったが、途中から細い道が分岐していた。どうやらその先には急流の川があるらしい。

「おや！　マルヌ川ですね！」ヴァン・ダムが言った。「増水しているんでしょうか」

二人はともに葉巻を燻《くゆ》らせながら、細い道をゆっくりと歩いていった。何かが渾然一体となったような轟音が耳に届いていたが、それがなんの音なのかがはっきりしたのは、河岸に到着してからだった。

百メートルほど先の対岸に水門がある。リュザンシーの水門だろう。付近に人影はなく、ゲートは閉じている。メグレとヴァン・ダムが立つ岸の下は堰《せき》になっていた。水流が落下して白く泡立ち、渦巻きながら、勢いよく流れている。音の出所はここだった。マルヌ川はふだんより水かさを増しているようだ。

薄暗がりの中ではあったが、木の枝が水の上に覆いかぶさっているのが見えた。枝というより、どうやら数本の木の幹そのものがたわんで川面にぶつかり、堰を乗り越えているようだ。

その時、辺りは暗く、向かいの水門に明かりがぽつりと一つ見えるだけだった。ヴァン・ダムが再び話を始めた。

「ドイツ人は、毎年水力発電のために途方もない努力をしているんですよ。それをロシア人がまねしましてね。ウクライナで一億二千万ドルもかけてダムを建設したんですが、たった三つの州の電力しか賄えないらしいですよ……」

予兆はほんのかすかなものだった。《電力》という言葉を口にする時、急に声に力がなくなったくらいだ。声はすぐに元に戻った。ヴァン・ダムは咳払いをすると、ポケットからハンカチを取りだして洟《はな》をかんだ。

二人が立っていたのは、川から五十センチも離れていない場所だった。突然、メグレは背中を押されてバランスを崩し、ふらついて前方に転がり落ちた。とっさに両手で斜面の草をつかんだが、両足とも水に浸《つ》かり、帽子は堰の向こうに飛んでいった。

だがその後の動きはすばやかった。攻撃を予測していたからだ。右手につかんだ草の下の土塊《つちくれ》が崩れ落ちたが、左手は、すでによく撓《しな》う枝を見つけてつかんでいた。

メグレはわずか数秒のうちに、川べりの道まで這いあがって膝をつき、立ちあがった。そして遠ざかっていく後ろ姿に向かって叫んだ。

「止まれ！」

奇妙なことに、ヴァン・ダムは走りだすこともなく、わずかに足を速めただけで車のほうに向かっていた。そして、動揺しているのか、こちらを振り向くと呆然と立ちつくした。

うつむき、首をコートの襟の中で縮めたまま、メグレが追いつくまでその場から動かない。だが、やがて憤怒にかられたように、まるで拳でテーブルを叩きつけるかのごとくに手を振ると、くぐもった声で唸り声をあげた。

「このまぬけが！」

メグレは念のため拳銃を取りだした。そして拳銃を握ったまま、ヴァン・ダムから目を離さずに、膝まで濡れたズボンを振った。靴の中からは水が噴きだした。

その時、道路で警笛が数回鳴った。運転手が、車の修理が終わったと合図をしているのだ。

「さあ行くんだ！」

車に戻ると、二人はそれぞれ黙って座席に座った。ヴァン・ダムはずっと葉巻をくわえていたが、メグレの視線を避けるようにしていた。

車は十キロ、二十キロと走り続け、集落に入るとスピードを落とす。明かりの灯った通りを人々が行き来している。車は集落を出て、再び道路をひた走る。

「わたしを逮捕することなんか、できるわけがないんだから……」

ヴァン・ダムがゆっくりと、頑《かたく》なな声で言った。予想外の言葉にメグレはぎくりとしたが、その言葉はまさに、今自分が考えていたことに対する答えでもあった。

やがてモーに到達した。田園地帯に隣接する、パリの《遠い郊外》の町だ。霧雨が降り始めた。街灯の前を通ると、雨粒が星屑のように見える。メグレは口を伝声管に近づけて運転手に言った。

「オルフェーヴル河岸のパリ警視庁まで行ってもらおう」

メグレはパイプにタバコを詰めたが、マッチが濡れているので吸うことができなかった。隣の男は、ドアのほうを向いているので顔は見えない。薄暗がりの中、斜め後ろの姿がぼんやりと見えるだけだが、人を寄せつけない敵意が感じられた。今や車内はとげとげしくぴりぴりとして、重苦しい雰囲気が漂っていた。メグレ自身も、気難しい顔をしてあごを突きだしていた。

この結果が、車が警視庁の前に到着した時、ばかげたひと悶着となってあらわれた。

「来るんだ」

メグレは先に車から降りて言った。運転手が支払いを待っていたが、ヴァン・ダムはそれを気にかける様子もない。メグレは一瞬躊躇した。そして滑稽な状況だと思いながらも言った。

「どうした？　……車を借りあげたのはあんただろう？」

「失礼ながら、わたしは囚われの身で旅をしているのだから、支払うべきはそっちでしょう」

このやりとりは、ここまでの道中の雰囲気を、そしてこのベルギー人の変貌ぶりを露呈するものだった。

メグレは金を払うと、何も言わずにヴァン・ダムに行く方向を指し示した。そして執務室の中に入るとドアを閉め、まずはストーブの火をおこした。それから戸棚を開けて着替えを取りだし、ヴァン・ダムには構わず、ズボン、靴下、靴を替え、濡れた衣服を火のそばに干した。

ヴァン・ダムのほうは、勧められてもいないのに椅子に腰を下ろしていた。明るい照明の下では、変節ぶりがさらに際立って見える。この男は、リュザンシーに偽りの善良さを捨ててきたのだ。気さくな人柄も、なんとなくわざとらしい笑みも捨て、今は憔悴した顔と陰険な眼差しをして、こちらの出方を待っている。

メグレはヴァン・ダムを無視するかのようにさらに自分の仕事に専念し、書類を整理したり、上司に電話してまったく関係のない事件の情報を尋ねたりした。しばらくしてから、ようやくヴァン・ダムの前に立ちはだかって質問した。

「ルイ・ジュネという名のパスポートで旅行し、ブレーメンで自殺したあの男と、いつ、どこで、どうやって、知り合ったんだ？」

ヴァン・ダムはほとんど身じろぎもせず、きっぱりと顔を上げて答えた。

「わたしはどのような立場でここにいるのです？」

「質問に答えることを拒否するのかね？」

ヴァン・ダムはにやりと笑った。これまで見せたことのない、皮肉たっぷりで悪意のこもった笑みだ。

「法律のことなら、わたしもあなたと同じくらいには知っていますよ、警視さん。もしわたしを被疑者として取り調べるというのなら、逮捕状を見せてもらいましょうか。あるいは被疑者として取り調べるのではないのなら、質問に答える義務はいっさいないはずです。前者の場合でも、法律によって定められているように、話をするなら弁護士の立会いが必要でしょう」

こうした態度に、メグレは腹も立たなかったし、気を悪くすることさえなかった。むしろ逆だ。好奇心をそそられ、また一種の満足感を覚えながら、メグレはヴァン・ダムのほうを見た。

リュザンシーの一件によって、ヴァン・ダムはその取ってつけたような態度を放棄せざるを得なくなった。メグレに見せていた態度だけではない。世間一般に見せていた態度も、ヴァン・ダム自身が自分のものだと思いこんでいた態度も、手放さざるを得なくなったのだ。

高級ナイトクラブからモダンな自分のオフィスへ、そしてオフィスから有名レストランへと駆けまわっていた、ブレーメンの陽気で軽薄な実業家の姿は、もう残っていなかった。

あふれるエネルギーと遊び人らしい貪欲さでてきぱきと仕事を片付けて金を貯えてきた、成功した実業家の軽快さは、もうどこにもない。

今ここにあるのは、深いしわが刻まれ、色を失った男の顔だけだ。目の下にはたるみが見えるが、それがこの一時間のあいだにできたことは間違いない。

一時間前までは、ヴァン・ダムは自由な人間だったはずではないか。何かしら良心の呵責があったとしても、富や名声、自分の事業や能力に自信をもっていたのではなかったか。

だが、この変化を生みだしたのはヴァン・ダム自身なのだ。この男は、ランスでは立て続けに酒をおごり、高級葉巻を勧めてきた。店の主人にいろいろと注文し、主人はせっせとご機嫌をとって、快適な車を手配するためにガレージに電話した。つまりヴァン・ダムは、人に一目置かれるひとかどの人物だったのだ。ところがパリでは、車の料金の支払いを拒んだ。法律の話を持ちだし、異議を唱え、まるで命がけで、けっして譲らず徹底的に抵抗する姿勢を見せている。

ヴァン・ダムは自分自身に腹を立てているのだ。それは、マルヌ川の岸辺でやり損なった後に、憤怒にかられて「このまぬけが！」と言ったことからもわかる。

あらかじめ計画していたわけではないのだろう。運転手とも初対面だったはずだ。車がパンクした時も、すぐにその機を利用しようと思ったわけではないにちがいない。ただ、川の縁に立って、渦巻く水の流れを見ているうちに……。木々の幹が、ただの枯れ葉のように川を覆っているのを眺めているうちに……。愚かにも、よく考えもせず背中を押してしまったのだろう。そしてメグレが攻撃を予測していたことに気づいて、さらに怒り心頭に発したのだ。おそらく、今となってはもう勝ち目がないこと、死にもの狂いで抵抗するしかないことがわかっているのだ。

ヴァン・ダムが新しい葉巻に火をつけようとした。メグレはヴァン・ダムの口からそれを取りあげ、石炭の入ったバケツの中に放りこんだ。そのついでに、ヴァン・ダムがずっとかぶっていた帽子も剝ぎとった。

「わたしがどのようにするつもりか、お伝えしておきましょう。わたしを正規の手続きに則《のっと》って逮捕するつもりがないのでしたら、自由にしてくださるようお願いします。そうでない場合は、不法監禁のかどで告訴せざるを得なくなります。それから、あなたがなさった水浴びに関しては、わたしは断固としてその責任を否認します。あなたは川岸のぬかるんだ土に足をとられて滑り落ちただけです。わたしが逃げようとしなかったことは、運転手が証言してくれるでしょう。わたしが本当にあなたを溺れさせようとしたのであれば、逃げだしているはずですからね」

ヴァン・ダムが言葉を続ける。

「そのほかのことに関しては、いったい何をもってわたしを非難されているのかいっこうにわかりませんね。パリには商用で来ました。証明することもできます。その後旧友に会うため、ランスに行ったのです。彼はわたしと同様、地元で尊敬を得ている人物です。わたしは、めったにフランス人のいないブレーメンであなたにお会いして、ただただ素直に好意を持ったので、食事やお酒をごちそうしたり、こうして車でパリまでお連れしたりしたわけです。それなのにあなたのほうは、わたしや友人たちに、見も知らぬ男の写真を見せてまわっている……。あの男は自殺したんでしょう！　それは事実であると証明されているんですよね。いかなる訴えもでていないのなら、警察の正式な捜査はないはずです。わたしが言っておくべきことは以上です」

メグレは折った紙を使ってパイプに火をつけ、紙の燃えさしをストーブの中に突っこんでから口を開いた。

「あなたは完全に自由の身ですよ」

あまりに簡単に勝利を得たため、ヴァン・ダムはうろたえた。その様子に、メグレは笑みがもれるのを抑えることができなかった。

「どういうことです？」

「自由にしていいと言ってるんですよ！　それだけです！　ついでに言うなら、そちらのご好意に対してお返しをしたいので、夕食でもごちそうしたいんですがね」

メグレはこれまでになく愉快になった。対するヴァン・ダムのほうは、目に恐怖の色をにじませながら唖然としてメグレを見つめている。メグレの放つ一言一句が、実は脅迫だとでもいうような顔だ。ヴァン・ダムがおずおずと立ちあがった。

「自由にブレーメンに帰ってもいいんですね？」

「いいと言ってるでしょう。今自分で、どんな罪にも問われる覚えはないと言ったばかりじゃないですか」

ほんの一瞬ではあったが、ヴァン・ダムが自信と陽気さを取り戻して夕食の招待を受けるのではないか、さらにはリュザンシーでの行動を、不器用で手が滑ったとか狂気の沙汰でどうかしていたなどと言い訳するのではないかと思われた。

だが、メグレの微笑みがこの楽天的な可能性を消し去った。ヴァン・ダムは帽子をつかみ、すばやくかぶった。

「車の代金はおいくらでしたか？」

「構いませんよ。お役に立ててひじょうに光栄です」

ヴァン・ダムの唇がわなないたように見えた。どのように立ち去ったらよいのかわからず、言うべき言葉を探している。やがて肩をすくめると、ドアのほうに向かいながら、誰に、あるいは何に対して言っているのかよくわからない言葉を絞りだした。

「まったくばかな！」

ヴァン・ダムは廊下に出て階段を降りながら、同じ言葉を繰りかえした。メグレは手すりに肘をついてその姿を目で追った。

そこへ巡査部長のリュカがやってきた。書類を持ってメグレの執務室に向かっている。

「急げ！　大至急帽子とコートをとって、あの男を尾行してくれ。必要なら世界の果てまで追うんだ」

そう言うとメグレは部下の手から書類を奪いとった。

メグレは、数枚の調査依頼書に必要事項を記入していた。各依頼書の一番上には、異なる氏名が記載されている。これを各班にまわして、当該人物に関する詳細情報を調査のうえ返送してもらうのだ。対象者は四人だ。

モーリス・ベロワール：銀行の副支店長。ランス　ヴェル通り在住。リエージュ出身

ジェフ・ロンバール：写真製版業。リエージュ在住

ガストン・ジャナン：彫刻家。パリ　ルピック通り在住
ジョゼフ・ヴァン・ダム：輸出入取次業。ブレーメン在住

ちょうど最後の書類を書いていると用務員がやってきて、ルイ・ジュネの自殺の件で話を聞いてほしいという男が来ている、と告げた。すでに夜も遅く、司法警察局の建物の中にはほとんど人の姿はなかったが、隣の執務室からは、捜査官が報告書をタイプする音が聞こえていた。

「ここに通してくれるかい」

案内されてきた人物は、ぎこちなく不安そうな面持ちでドアのところで立ちどまった。ここにやってきたことをすでに後悔し始めているかのようだ。

「さあどうぞ！　おかけください」

メグレは来客をじっくりと観察した。男はやせて背が高く、明るい金髪に無精ひげで、ルイ・ジュネを思いださせるような擦りきれた服を着ていた。コートはボタンが一つ取れ、襟の首まわりは脂染み、折り返しは埃だらけだ。その他のささいなこと、たとえばその佇《たたず》まいや座り方、目の動きから、メグレはこの人物が、今は何も法に触れることはしていないにしても、警察の前に出ると不安を抑えることができなくなるようなはみ出し者である

ことに気づいた。

「新聞に載った写真を見てこちらに来られたんですね？　どうしてすぐに来なかったんです？　写真が載ってから二日になりますよ」

「新聞は読んでないんで……」男が口を開いた。「うちの女房が買い物を包んできたのが、その新聞紙だったんで……」

男のよく変わる表情やつねに小さく震えている鼻孔、とくに病的なほど不安そうな眼差しには、メグレは思い当たる節があった。

「ルイ・ジュネをご存じだったんですか？」

「わかりません……。写真のうつりが悪いので……。でも、見たところ……たぶん弟じゃないかと思うんで……」

メグレは思わずほっとして、ふっと息を吐いた。今回こそは、すべての謎が一気に解明されるような気がした。そこで機嫌のいい時によくするように、ストーブに背を向けて仁王立ちになった。

「ということは、あなたの名前もジュネさんなんですね？」

「いや、違うんです。だから、ここに来ようかどうしようか迷ってたんです……。だけど、あれはやっぱり弟だ！　間違いない、今その机の上に置いてあるはっきりした写真を見たら、やっぱり弟だってわかりました。あの傷痕もあるし。ほら、これです！　でも、どうして自殺なんかしたのかわからないし、名前まで変えてたなんて、いったいどうしてなんだろう……」

「ではあなたの名前は？」

「アルマン・ルコック・ダルヌヴィルです。書類も持ってきてます」

男はポケットに手をやって、手垢のついたパスポートを取りだした。その仕草もやはり、この男がいつも嫌疑をかけられては身分証明書を提示することに慣れているはみ出し者である、ということを露呈していた。

「小文字のdで始まるダルヌヴィル？」

「はい……」

「リエージュ生まれで……」パスポートに目をやりながらメグレは話を続けた。「三十五歳……。職業は？」

「今はイシ＝レ＝ムリノーにある工場の用務員です……。女房と二人でグルネル地区に住んでます……」

「登録は組立工になっているが……」

「前はそうでした……。いろいろやってたんで……」

「刑務所にもいたんだね!」メグレはページをめくりながら言った。「脱走兵とあるが……」

「それは特赦になってます……。どういうことか、全部お話ししますよ。うちの親父は金を持っていて……タイヤを売る商売をやってました。でも、おれが六歳の時に、おふくろを棄てたんです。まだ弟のジャンも生まれたばかりだったのに……。何もかも、全部その時からおかしくなったんだ! おれたちはリエージュのプロヴァンス通りの小さな住まいに引っ越しました。最初の頃は、親父も定期的に生活費を払ってたんですけど……。再婚して、それ以外にも何人も愛人をつくって……。一度なんか、親父がその月の生活費をもってきた時に、女が一緒に来て車の中で待ってたりしましたよ。それで、もめる事が多くなったんです。親父は金を払わなくなり、払ってもほんのわずかになりました。おふくろは家政婦をするようになったんですが、だんだん気が触れておかしくなっていきました。まあ、精神病院に入れるほどではなかったけれど……。でも、人に声をかけては、自分がいかに不幸《ふしあわ》せかを話してまわるんです。よく、泣きながら町を歩いてました……」

アルマン・ルコック・ダルヌヴィルは話を続けた。

「おれは、弟の顔を見ることはほとんどなかったです。いつも近所の悪ガキたちと遊びまわっていたから……。何度も警察署に引っぱっていかれましたよ。それから、金物店に働きに行かされたんです。家には、できるだけ帰らないようにしてました。おふくろは泣いてばかりいたし、愚痴を言う相手がほしくて近所の婆さんたちを家に引きこんでいたから。十六歳の時に、おれは軍隊に入りました。軍隊に入ってからは、ずっとコンゴに行きたいという希望をだしていました。まあ、実際に行ってみたら、コンゴでは一カ月しかもたなかったけど……。マタディの港で一週間身を隠して、こっそりヨーロッパ行きの船に乗りこんで密航しました。でも見つかってしまって……。刑務所送りになって……。逃げだしてフランスにやってきて、ここでいろんな仕事をしました。腹が減って死にそうになったことも、レ・アールの市場で寝たこともあります……。ずっと、ぱっとしない人生だったけど、この四年間は本当にまじめにやってます。結婚もしました！　女房は工場で働いていて、今も仕事を続けています。おれは稼ぎが少ないし、時々仕事にあぶれることもあるので……。ベルギーに帰ろうと思ったことはないです。おふくろは精神病院で死んで、親父はまだ生きているって、誰かが教えてくれたけど……。でも親父はおれたちには全然構わなかったし……再婚した所帯だってあるわけだし……」

ダルヌヴィルはそう言いながら、弁解するかのように皮肉っぽい笑みを浮かべた。

「弟さんのほうはどうしたんですか？」

「弟はおれとはまったく違いますよ。ジャンはほんとにまじめなやつでしたから……。小学校卒業時に奨学金をもらえることになったので、中等学校に進学することができたんです。おれがベルギーを発ってコンゴに行った時、ジャンはまだ十三歳でしたが、それ以来会っていないんです。でも、リエージュ出身者に偶然会うことがあるので、消息は時々聞いていました。中等学校を終えた後、ジャンが大学へ行けるように世話をしてくれた人たちがいたようです。それが十年ほど前の話です……。でも、それから後に会った同郷の人たちは、皆ジャンの消息を知らないと言うんです。噂も聞かないから外国にでも行ったんじゃないかって……。それなのに……。この写真を見て、おれは本当にショックを受けました。ましてや、ジャンがブレーメンなんかで、偽名で死んだんだと思ったら……。わかってはもらえないかもしれませんが……。おれ自身は最初からうまくいかなかった……。へまばっかりして、ばかなことをしでかした……。だけど、ジャンは違うんだ。十三歳の時のジャンを思いだしてみても、見た目はおれに似てたけど、おれなんかよりずっと落ち着いて、ずっとまじめな子だった。その頃から、もう詩なんか読んでて……。夜だっていつも一人で勉強してましたよ。教会の香部屋係からもらった燃え残りのろうそくを灯してね。弟は絶対に立派な人間になるって、おれは信じてました。小さなガキの頃だって、その辺で遊びまわったりなんかしてなかった……。近所の不良少年たちがジャンのことをからかっていたくらいなんだ！」

ダルヌヴィルはさらに続けた。

「おれはいつも金に困ってて、しょっちゅうおふくろにせびってました。おふくろは生活を切り詰めて、金を渡してくれました。おれたちのことは可愛がってくれていましたから。十六歳なんて、何もわかっちゃいないんですよね。ひどいことをしたのを今でも覚えていますよ。ある時女の子に、映画に連れていってやると約束したんです。でもおふくろには金がなくて、おれは泣いたり脅したりして……。おふくろは、ちょうど入った給料で薬を買ったところだったんですが、おれのためにその薬を売りにいったんです。わかったでしょう？　おれはそんなやつだったのに、それなのに、死んでしまったのはジャンのほうなんですよ。こんな形で、あんな遠い町で、それも他人の名前で！　弟が何をしたのかはわかりませんが……。でも、ジャンがおれと同じ道を歩んだとはどうしても思えません。あなただって、弟がどんな子どもだったかを知っていたなら、きっとそう思うはずだ。……あなたは、何か知っているんですか？」

メグレは、パスポートを返しながら尋ねた。

「リエージュで、ベロワール、ヴァン・ダム、ジャナン、ロンバールという名前の家族を知っていますか？」

「ベロワール家なら一軒知っています。うちと同じ地区で、父親が医者をしていました。息子は勉強ばっかりしていたんじゃないですか。どっちにしても、おれには関係のないご立派な家の人たちでしたよ」

「他の名前は？」

「ヴァン・ダムという名前は聞いたことがあります。カテドラル通りに、そういう名前の大きな食料品店があったような気がします。まあでも、かなり昔のことですけどね」

アルマン・ルコック・ダルヌヴィルは、少しためらってから付け加えた。

「ジャンの遺体を見ることはできますか？　もうこちらに運ばれてきたんですか？」

「明日パリに着く予定ですよ」

「ジャンは、本当に自殺だったんでしょうか？」

メグレは困惑して顔を背けた。どう考えてもこれ以上確かなことはない。自分は悲劇の場面を目撃したのだから。そして、意図せずしてその悲劇を引き起こしたのは、自分なのだ。

ダルヌヴィルは、帽子を手でもみくちゃにして身体を左右に揺すりながら、もう帰っていいと言われるのを待っていた。落ちくぼんだ青白いまぶたの下で、紙吹雪にも似た灰色の瞳が途方にくれたようにこちらを見ている。それが、ノイシャンツの旅人の慎ましく不安そうな瞳にあまりにそっくりだったので、メグレは後悔に似た気持ちで胸を締めつけられた。

6　首吊り男の絵

夜九時。メグレは上着を脱ぎ、付け襟も取って、リシャール＝ルノワール大通りの自宅にいた。隣では妻が縫い物にいそしんでいる。そこへ、どしゃ降りの雨でぐっしょりと濡れた肩を払いながら、リュカがやってきた。

「あの男はパリを発ちましたよ。ぼくはやつを追って外国まで行くべきかどうかわからなかったので……」

「行き先はリエージュか？」

「そのとおりですよ！　もうご存じなんですか？　〈オテル・デュ・ルーブル〉に荷物を置いてあったようで、そのホテルで夕食をとって服を着替えて、二十時十九分発のリエージュ行き特急列車に乗りました。一等車の片道切符です。駅の売店でたくさん挿絵入り新聞を買いこんでいきましたよ」

「あの男はどこまでもわたしの邪魔をするつもりらしいな！」メグレは唸った。「ブレーメンでは、こっちはあいつの存在なんか知らなかったのに、自分のほうから遺体安置所にやってきて、わたしを昼食に誘ったりしてしつこくつきまとったんだ。わたしはパリに戻ったが、どうやらやつも同じ頃にパリに来ていたらしい。飛行機を使ったと言っていたから、たぶん向こうのほうが先に着いていたのだろう。次にわたしがランスに行ってみると、あの男はもうそこにいた。そしてわたしが、明日リエージュに行こうと一時間前に決めたら、やつはもう今夜出発しているときた！　だが、あの男はわたしが必ず後から来ると知っているだろうから、そこに行くことは自分に不利な証拠になるとわかっているはずだ。そこが一番腑に落ちない点だな」

この事件の経緯を何も知らないリュカが、当てずっぽうで言った。

「ひょっとして他の誰かを助けるために、自分に疑いが向くようにしているのではありませんか？」

「また事件なの？」

縫い物の手を止めずに、妻が穏やかに尋ねる。だがメグレはため息をついて立ちあがり、今の今までくつろいで座っていた肘掛け椅子を見つめた。

「ベルギー行きの列車はまだあるかな？」

「二十二時発の夜行列車だけですね。リエージュには朝の六時頃に到着する予定です」

「荷物の用意をしてくれるかな？」メグレは妻に向かって頼んだ。「リュカ、何か飲み物でもどうだい？　自由にやってくれ！　戸棚の場所はわかってるね。アルザスの義妹から自家製のすももの果実酒《プリュネル》をもらったところなんだ。首の長い瓶だよ」

メグレは服を着替えると、ファイバー製の黄色いトランクケースからB服を取りだし、きれいに包んで自分の旅行かばんに入れた。そして準備が整うと、リュカとともに外に出た。二人でタクシーを待っているあいだにリュカが尋ねた。

「これはどんな事件なんですか？　職場では何も聞こえてきませんが……」

「実は、わたしにもよくわからないんだよ。奇妙な若者が、わたしの目の前で死んでしまった。ただそれだけのことなんだが、そのことをめぐって、あやしい連中がうごめいているんだ。わたしはその謎を解きほぐそうとしているんだよ。イノシシみたいに突進してしまったから、ひどい目に遭うことになるかもしれないがね。さあ、車が来た。きみも途中まで乗っていくかい？」

翌朝、夜行列車でリエージュに到着したメグレは、ギュマン駅の向かいにある〈鉄道ホテル《オテル・デュ・シュマン・ド・フェール》〉で入浴とひげ剃りを済ませた。そしてB服の、三つ揃いすべてではなく上着だけを包み直し、それを抱えて八時にホテルを出た。

坂道になっている賑やかなオート＝ソヴニエール通りまで行くと、メグレはモルセルという仕立て屋を探した。尋ねあててみると、暗い店内で男が上着を脱いで仕事をしていた。男はメグレから渡されたスーツの上着を手にしていくつか質問し、何度もそれをひっくり返しては眺め、しばらく考えてから言った。

「ずいぶん古い服だなあ！　破れているし。これではもう何もわかりませんね」

「何か思いだせることはありませんか？」

「まったくありませんね。襟の裁断は下手だし……。生地はイギリスラシャをまねてヴェルヴィエで製造されたものだな」

男はおしゃべりを始めた。

「おたくはフランスの方ですか？　この上着は、誰かお知り合いの方のものなんですか？」

メグレはため息をついて上着を引き取った。男はあいかわらずおしゃべりを続け、最初に言うべきことを最後になってやっと話し始めた。

「実はですね、わたしがここへ来たのは半年前なんですよ。わたしが作った服なら、まだ着古す時間もないでしょうからね」

「モルセルさんはどうしたんです？」

「ロベルモンにいますよ!」

「そこは遠いんですか?」

メグレの勘違いに、仕立て屋の男は楽しそうに笑って説明した。

「ロベルモンっていうのは墓地のことですよ。モルセルさんは今年の初めに亡くなってね、わたしが店を引き継いだんです」

メグレは包みを持って外に出た。そして今度は、街の古い通りの一つであるオール゠シャトー通りに行った。目的の場所に着くと、中庭の奥に亜鉛板の看板が掲げられていた。

《中央写真製版所――ジェフ・ロンバール――どのような注文にも迅速に対応します》

建物の窓は、古いリエージュ様式の格子窓だ。小さなふぞろいの敷石が敷きつめられた中庭の真ん中には、かつての領主の紋章を彫った噴水がある。

メグレは呼び鈴を鳴らした。二階から誰かが降りてくる足音がする。やがてわずかにドアが開いて老婦人が顔をだし、ガラス張りのドアのほうを指し示して言った。

「そこのドアからどうぞ。押せば開きます。作業場は廊下の突き当たりですよ」

作業場は、ガラス窓からの光が入る縦長の部屋で、青い作業服姿の男が二人、亜鉛板や、酸がいっぱいに入ったバケツの間を動きまわっていた。床には写真版の試し刷りや、油性インクで汚れた紙が散らばっている。壁にはたくさんのポスターが貼りつけられていたが、その中には挿絵入り新聞の第一面もいくつかあった。

「ロンバールさんはいらっしゃいますか？」

「事務室ですよ。どなたかと一緒にいます。ここを通っていってください。服を汚さないように気をつけて！　左に曲がって、最初のドアですよ」

段差があって、階段を登ったり降りたりしなければならないところを見ると、この建物は、少しずつ建て増ししながら作られたものにちがいない。途中の使われていない部屋は、ドアが開け放したままになっていた。

だがなぜか、この場所には古めかしさと同時に、妙な善良さが感じられた。それは最初にメグレを迎えた老婦人や、二人の職人にも通じることだった。

メグレが暗い廊下を進んでいくと、怒鳴るような声が聞こえてきた。その声には聞き覚えがあった。ジョゼフ・ヴァン・ダムの声だ。何を言っているのか聞きとろうとしたが、音が不明瞭でわからない。メグレはさらに数歩近づいた。すると声がやみ、ドアの隙間から顔がのぞいた。ジェフ・ロンバールだった。

「ぼくにご用ですか？」

薄暗がりの中、訪ねてきたのが誰なのかわからないままロンバールは叫んだ。事務室は他の部屋より狭く、机が一つと椅子が二脚、多くの写真版を載せた棚がいくつもあった。散らかった机の上には、請求書やチラシ、いろいろな会社や商店のレターヘッドの付いた手紙が置かれている。

ヴァン・ダムもそこにいた。机の端に腰かけ、メグレに向かってわずかに頭を傾けた後は身じろぎもせず、不機嫌な顔でまっすぐ前を見ている。ジェフ・ロンバールは仕事着姿だった。汚れた手をして、顔にも黒い染みをつけている。

「なんのご用件でしょう？」

ロンバールは椅子の上に山積みになっていた書類をどけて、メグレのほうにその椅子を押しやり、自分は吸いかけのタバコを探した。タバコは木製の棚の上に置かれたままで、棚の木が焦げ始めていた。

「一つだけお伺いしたいことがありまして。しごく簡単な質問です」メグレは立ったままで口を開いた。「お邪魔して申し訳ありませんね。お聞きしたいのは、これまでに、ジャン・ルコック・ダルヌヴィルという人物をご存じだったかどうかということなのですが……」

この瞬間、明らかに、その場に衝撃が走った。ヴァン・ダムは身震いしたが、メグレのほうを向くのは踏みとどまった。ロンバールはいきなりかがみこんで、床に落ちていたしわくちゃの紙を拾いあげた。

「そう……ですね。その名前なら、聞いたことがあるような気もしますが……」ロンバールはつぶやくように言った。「その……その人は……リエージュの人間なんですよね？」

血の気の引いた真っ青な顔で、写真版の山を別の場所に置きかえる。

「その人が……今どうしているのかは知りませんが……。もう……もうずっと昔のことですから」

「ジェフ！　早く来て！　ジェフ！」

突然、迷路のような廊下のほうから女の声がした。声の主は、息を切らして走ってくると、開いたドアの前で立ちどまった。興奮して足をガクガク震わせ、エプロンの端で汗を拭いている。メグレを最初に出迎えた老婦人だった。

「ジェフ！」

「それで？」

ロンバールは動揺した青白い顔で、目だけをぎらぎらさせている。

「女の子ですよ！　早くいらっしゃい！」

ロンバールは周りを見まわし、もごもごと何かをつぶやくと、走って廊下に飛びだしていった。

事務室にはメグレとヴァン・ダムだけが残された。ヴァン・ダムはポケットから葉巻を取りだしてゆっくりと火をつけると、マッチを足で踏みつぶした。警視庁に来た時のような厳しい表情で、あの時と同じように口元にしわを寄せてあごを動かしている。

だがメグレのほうは、ヴァン・ダムの存在など目に入っていないかのように、ポケットに手を突っこみ、パイプを口にくわえて、部屋の中をぐるりとまわりながら壁を観察し始めた。

壁紙が見えるのは、ところどころのほんの数センチ四方程度のスペースだけだ。というのも、壁には多くの棚が設置され、棚がない場所には、いたるところにデッサンやエッチング、絵画がかかっていたからだ。絵画はどれも額には入っておらず、木枠に画布が張ってあるだけだった。風景画はお世辞にもうまいとはいえず、野原の草も木々の葉叢《はむら》も、同じようにべったりとした緑で描かれている。〈ジェフ〉と署名された風刺画もいくつかあり、水彩絵の具で色付けされたものや、地方紙に載ったものの切り抜きもあった。

だがメグレの興味を引いたのは、まったく別のジャンルのおびただしい数のデッサンだった。それはまるで、同じ主題による変奏曲のような作品群だった。紙はどれも、すでに黄色く変色している。制作年や日付が書かれているものもいくつかあり、このデッサン類が描かれたのは十年ほど前であることがわかる。壁の他の絵とは違って、非常にロマン主義的な手法で描かれており、初心者がギュスターヴ・ドレの絵を模写したように見えなくもない。

最初の絵はペン画で、首を吊って死んだ男が支柱から吊りさがり、支柱には大きなカラスがとまっている。この《首吊り》が、この場所にある鉛筆画やペン画、エッチングなど、少なくとも二十以上の作品のテーマになっていた。

次の絵の場面は森のはずれで、木の枝一本一本に、それぞれ首を吊った人間がぶらさがっている……。教会の鐘楼が描かれている別の絵では、てっぺんにそびえる風見鶏の下に十字架があり、その横棒の両端から、それぞれ人間の身体が吊りさがって揺れている。そこにはありとあらゆる種類の、首を吊った人間の絵があった。なかには、十六世紀風の衣装で描かれている人々もあり、昔の《奇跡の袋小路》の物乞い集団のように、人々がグループになって踊り、身体を揺らしている。ただし、全員足は地面から浮いたままで……。

頭のいかれた首吊り男もいる。シルクハットに燕尾服、手にはステッキを持ち、首を吊るのは街のガス灯の支柱だ。あるクロッキーには、下のほうに数行の文字が見える。ヴィヨンの詩『首を吊るされし者たちのバラード』からの四行の引用だ。

記されている制作年はすべて十年ほど前だ。このぞっとするような数々の絵は、今では、風刺新聞用の説明文付き挿絵や、暦《こよみ》の挿絵、アルデンヌの森林の風景画、宣伝ポスターと隣り合って並んでいる。

鐘楼や、教会そのものをテーマに描いた作品も数多くあった。正面から、横から、下からの構図。正面入り口だけ、あるいは雨樋彫刻のガーゴイルだけを描いたものもある。教会前の広場と六段の階段の絵は、遠近法のために階段がとても大きく見える。いずれにしても、すべて同じ教会だ。

壁から壁へと見てまわる間、メグレは、ヴァン・ダムが落ち着きなくそわそわしているのを感じとった。リュザンシーの水門の時と同じ衝動に駆られているにちがいなかった。

こうして十五分が過ぎた頃、ジェフ・ロンバールが戻ってきた。目を潤ませ、髪がずり落ちている額に手をあてている。

「どうも失礼しました。妻が、ちょうど出産したところだったので……。女の子でした」

その声には誇らしげな響きがあったが、話しているうちにその視線は、メグレからヴァン・ダムへと不安そうに移ろった。

「三人目の子どもなんですよ……。それなのに、初めての時と同じくらいおろおろしてしまうんですからね！　さっきぼくを呼びにきたのは妻の母親で、自分は十一人も子どもを生んでいるんですが、それでもやっぱり嬉しいらしくて、今も泣きじゃくっているんです。職人たちのところにも、いい知らせだからって大声で教えにいって……。赤ん坊を見にきてほしかったんですね」

ロンバールはメグレの視線が、鐘楼の二人の首吊り男の絵に注がれていることに気がついた。そしてさらに神経を高ぶらせ、見るからに困った様子でつぶやいた。

「若気の過ちというやつです……。まったくひどい絵ですよね……。でもあの頃は、いつか偉大な画家になるんだと思っていました」

「これは、リエージュの教会ですか？」

ジェフはすぐには返事をしなかった。しばらくしてやっと、気の進まない様子で口を開いた。

「今はもうありません。七年前になくなってしまいました。新しい教会を建立するというので、それまでのものは取り壊したんです。前の教会は美しくもなかったし……これといって特別な様式があったわけでもありませんでしたから。でも、とても古い教会で、建物のシルエットや、周辺の路地などには、何か神秘的なものがありました。周辺の路地も、建物と一緒に全部取り壊されて変わってしまいましたが……」

「なんという教会だったのですか？」

「サン＝フォリアン教会です……。同じ場所に建っている新しい教会も、同じ名前です」

ヴァン・ダムは、まるで身体じゅうの神経が痛いとでもいうように落ち着かない様子だった。内心の動揺を、ほんのわずかな動きではあるが、呼吸の乱れや指の震え、机に寄りかかった足の揺れ方などから見てとることができた。

「この絵を描かれた頃は、結婚していたのですか？」

メグレが訊くと、ロンバールは笑った。

「ぼくは十九歳だったんですよ！　まだ美術学校で勉強していましたよ。ほら……」

そう言うとロンバールは懐かしむような目で、くすんだ色彩の下手くそな肖像画を指し示した。均整のとれていない特徴的な顔立ちのおかげで、それがロンバールだということはわかった。髪が首すじまで伸び、黒い詰め襟の服を着てボタンを首まで留め、その上に大きな蝶結びネクタイを垂らしている。

肖像画は熱狂的ロマン主義を感じさせるものだった。背景にはお決まりの髑髏《どくろ》まで描かれている。

「ぼくが将来写真製版工になるなんて、あの頃は思ってもみなかったけれど……」

ロンバールは自嘲ぎみに言った。メグレの存在のみならず、ヴァン・ダムがこの場にいることにも迷惑しているようだが、どうしたら二人に帰ってもらえるのかがよくわからないらしい。

その時、職人の一人がやってきて、まだできあがっていない写真版をどうするのかと尋ねた。

「午後取りにくるように言っておいてよ！」

「それでは間に合わないみたいなんですよ！」

「まったくなんてことだ！　うちは今赤ん坊が生まれたばかりなんだって、言ってやってくれ……」

ロンバールの眼差しや動作、酸の小さな染みがついた青白い顔からは、喜びといらだち、そしてたぶん恐れの入りまじった感情がにじみでていた。

「何か飲み物でもいかがですか？　住居のほうに行きましょう……」

三人は入り組んだ廊下に沿って進み、メグレの来訪時に老婦人が最初に顔を出したドアから中に入った。

住居側の廊下は青いタイル張りで、内部は清潔感にあふれた匂いがした。にもかかわらずわずかにそこはかとない臭気が漂ってくるのは、産室からの湿気のせいだろうか。

「上の子二人は、妻の兄の家に預けてあるんです。……どうぞ、こちらです」

ロンバールがダイニングルームのドアを開けた。小さな窓ガラスからわずかな光が差しこんでいるだけの暗い部屋だ。家具はくすんで見えたが、あちこちに置かれた銅製品が光を反射している。

壁には、〈ジェフ〉と署名された、女性の大きな肖像画があった。粗《あら》はたくさんあるが、モデルの女性をできる限り美しく描こうとする努力がはっきりと見てとれる。メグレは、この女性がロンバールの妻なのだろうと思った。そして別の場所に目を移してみると、予想に違《たが》わず、ここにも首吊り男の絵があった。事務室のものよりずっとできがいい。この家の人々もそう思ったのだろう、どれも額に入れてあった。

「ジュネヴァを一杯いかがですか?」

こうしている間もメグレは、ヴァン・ダムが会話の一言一言に憤り、執拗に自分を睨《にら》み続けているのを感じないわけにはいかなかった。

「さきほど、ジャン・ルコック・ダルヌヴィルをご存じだったと言われましたよね?」

上の階で足音がする。ちょうど産婦のいる部屋なのだろう。

「たぶん、ただの学校仲間か何かだったんだと思いますよ」

ロンバールはうわの空で答え、かすかに聞こえる赤ん坊の泣き声に耳を傾けた。そしてグラスを持ちあげて言った。

「赤ん坊の健康を願って、そして妻の健康を願って乾杯！」

ロンバールはぐいと顔をあげると、一気にグラスを飲みほした。そして動揺を隠すために、食器棚まで行ってそこにあるはずのないものを探すふりをした。メグレには、嗚咽を押し殺す、ロンバールの声にならない声が聞こえた。

「もう、上に行かなくては……。すみません……。今日のような日には、ちょっと……」

メグレとヴァン・ダムは言葉を交わさなかった。外に出て中庭を横切り、噴水の横を通るあいだも、メグレは冷やかな目でヴァン・ダムを観察し、この男はいったいどうするつもりだろうかと考えた。だが通りに出ると、ヴァン・ダムは帽子の縁に手をかざしただけで、右手のほうへ大股で立ち去っていった。

リエージュにはタクシーはあまり走っておらず、路面電車の路線もわからなかったので、メグレは歩いて〈鉄道ホテル《オテル・デュ・シュマン・ド・フェール》〉に戻り、昼食をとってから、地元の新聞社についての情報を集めた。

午後二時、メグレは〈ラ・ムーズ新聞社〉を訪れた。そして建物に足を踏みいれようとしたまさにその時、ヴァン・ダムが中から出てきた。二人はわずか一メートルの距離で、声をかけ合うこともなくすれ違った。メグレは思わず心の中でうめいた。

《まったく、またもや先回りしやがって！》

中に入ると、メグレは取次係に過去の記事の閲覧を申し込み、書類を記入して許可がおりるのを待った。

ある程度わかってきたこともある。アルマン・ルコック・ダルヌヴィルは、弟は十年ほど前にリエージュからいなくなったようだと言っていた。それは、ジェフ・ロンバールが病的な執拗さで、首を吊った人間の絵を描き続けていた年と同時期だ。さらに、ノイシャンツやブレーメンを放浪していたあの男が黄色いトランクケースに入れて持ち運んでいたB服も、非常に古いものだった。ドイツの鑑識官は《少なくとも六年》と言っていたが、十年かもしれないではないか！　そのうえ、ヴァン・ダムが〈ラ・ムーズ新聞社〉にやってきたということは、ここにも何か情報があるということだ。

まもなくメグレは一室に案内された。ワックスで磨かれた床はまるでスケートリンクのようにピカピカで、豪奢で重厚な家具が置かれている。首から職務の印である銀のチェーンをぶら下げた取次係が尋ねた。

「どの年の新聞をご覧になりたいのですか？」

メグレはすでに部屋の中を見まわし、それぞれ一年分の新聞が入った大きな段ボールがいくつも壁に沿ってぐるりと並んでいることに気がついていた。

「自分で探せると思います」

部屋の中は、ワックスと古い紙の匂い、そして格式ばった贅沢品の香りがした。モールスキンのクロスがかかったテーブルの上には、かさばる新聞の綴りを置けるように、いくつも書見台が用意されている。すべてが清潔で、きれいで、いかめしく、メグレはポケットからパイプを出すことを差し控えざるを得なかった。

やがて《首吊り男の年》の新聞を見つけ、日を追って順にページをめくっていく。さまざまな見出しが次々に目の前にあらわれた。世界的なできごともあれば、デパートの火事（三日間にわたってまるまる一ページがさかれている）や市の助役の辞職、路面電車の運賃の値上げのような地元のニュースもある。

突然、ページの端ぎりぎりで紙が破りとられている箇所が目に入った。なくなっているのは二月十五日の部分だ。メグレは控室にとんでいき、取次係を連れてきた。

「わたしより先に誰かが来たんじゃありませんか？　そしてこの版を閲覧したのではないですか？」

「そうですよ。でもその人は、ここには五分ほどしかいませんでしたが……」

「あなたはずっとリエージュにお住まいですか？　この年のこの日に何が起こったのか、

覚えておられませんか?」

「そうですねえ……。十年前ですか……。義理の妹が死んだ年ですから……。ああ、そうだ! ムーズ川が氾濫して大洪水になった年ですよ! ムーズ川周辺の地域はボートでしか移動できなくなってしまったので、義妹の埋葬も一週間待たなければならなかったんです。まあ、記事を読んでみてください。ここに《国王夫妻が被災者を慰問した》と書いてあります。ほら、写真もある。……おや、ここは番号が一つ抜けていますね! これは大変だ……。編集長に知らせないと……」

メグレは身をかがめて、床に落ちていた新聞の切れ端を拾いあげた。二月十五日のページを破りとった際に落ちたにちがいない。それがジョゼフ・ヴァン・ダムの仕業であることに疑いの余地はなかった。

7　三人そろって

リエージュには四つの日刊紙がある。メグレは二時間かけてすべての新聞社をまわったが、予想していたとおり、行く先のすべてで二月十五日の記事だけがなくなっていた。

リエージュの繁華街は〈ル・カレ〉と呼ばれる正方形の地区で、高級店や大きなビアホール、映画館、ダンスホールが立ち並んでいる。そこへ行けば誰かしらに会うものだが、この日メグレはここで、ステッキを手に歩いているジョゼフ・ヴァン・ダムの姿を少なくとも三度見かけたのだった。

メグレが〈鉄道ホテル《オテル・デュ・シュマン・ド・フェール》〉に戻ってみると、メッセージが二つ届いていた。一つはリュカからの電報だった。パリを出発する際、リュカにはいくつか仕事を頼んでいたのだ。

ロケット通りのルイ・ジュネの部屋のストーブの灰を鑑識で検査。燃えかすの中に

ベルギー及びフランスの紙幣を確認。残量からみて当初は大量にあったと推測される。

もう一つは手紙で、使い走りの者がホテルに持ってきたという。通常タイピストが複写用に使う、社名の入っていない用紙にタイプ打ちされている。

警視殿

わたくしは、貴殿の捜査に有用なあらゆる情報をお伝えする用意がありますことを、ここに謹んでお知らせいたします。

事情により慎重を期する必要がありますので、もしわたくしの提案にご関心がおありの場合には、今夜十一時に、王立劇場裏手の〈カフェ・ド・ラ・ブルス〉にてお目にかかることができれば幸いに存じます。

それではよいお返事をいただけますよう、何卒ご検討のほどよろしくお願い申し上げます。

差出人の名前はなかった。それにしても、このような短いメッセージには不似合いな決まり文句がいくつもある。《謹んでお知らせいたします》《提案にご関心がおありの場合には》《幸いに存じます》《よいお返事をいただけますよう》《何卒ご検討のほどよろしくお願い申し上げます》まるでビジネスレターのような陳腐な定型表現だ。

メグレは一人でテーブルについて夕食をとった。そしていつのまにか自分の関心事が移り変わってきていることに気がついた。ブレーメンのホテルの部屋で自殺したルイ・ジュネ、本名ジャン・ルコック・ダルヌヴィルのことをそれほど考えなくなっていたのだ。

そのかわりに、ジェフ・ロンバールの首吊りの絵が、脳裏にこびりついて離れなくなっていた。さまざまな場所で首を吊ってぶらさがっている人々の姿。教会の十字架に、森の木々に、屋根裏部屋の釘に、異様で不気味な姿で吊りさげられ、深紅に、あるいは鈍色《にびいろ》に塗られ、様々な時代の衣装を着せられた人々の姿だ。

メグレは十時半にホテルを出て王立劇場の方向に向かった。〈カフェ・ド・ラ・ブルス〉のドアを押して中に入ったのは十一時五分前だった。そこはこぢんまりとした落ち着いたカフェで、どうやら常連や、とくにトランプで遊ぶ客たちが好んで通う店らしい。

店内を一瞥《いちべつ》したメグレを、驚きが待ちうけていた。カウンターに近い隅の席に、三人の男がそろって座っていたのだ。モーリス・ベロワール、ジェフ・ロンバール、そしてジョゼフ・ヴァン・ダムだ。

コートを脱ぐメグレにウェイターが手を貸す。そのほんのわずかなあいだ、双方に一瞬の躊躇があった。ベロワールは機械的に腰を浮かせて挨拶したが、ヴァン・ダムは動かなかった。ロンバールはこれ以上ないほど興奮した顔で、仲間たちが先に態度を示すのを待つかのように、椅子の上で身体を揺すっている。

さて、自分は三人のほうに寄っていって握手を求め、同じ席に座るべきだろうか？　メグレは考えた。三人全員が今では知り合いだ。ヴァン・ダムとはブレーメンで昼食を共にしたし、ベロワールにはランスの自宅でコニャックを振る舞われたし、ロンバールとは今朝自宅を訪れて会ったばかりだ。

「こんばんは、皆さん」

メグレはそう言いながら近づき、全員の手をぎゅっと強く握った。いつものやり方ではあるのだが、それは時に脅しの意味をもった。

「またお会いできるとは、なんという偶然ですかね！」

長椅子のヴァン・ダムの隣が空いていたのでメグレはそこに座り、ウェイターに声をかけた。

「ビールをジョッキで！」

その後は誰も、言葉を発しなかった。重苦しく、気詰まりな沈黙がその場を支配した。ヴァン・ダムは口をきっと結び、まっすぐ前を睨んだままだ。ジェフ・ロンバールは、服が窮屈で身動きしづらいとでもいうように、あいかわらずもぞもぞと動いている。ベロワールはきちんとした、だが冷淡な態度で自分の爪を眺め、人差し指の爪にごみが入りこんでいるのを見つけるとマッチの軸を使ってそれを取った。

「奥様のお加減はよろしいんですか？」

メグレはロンバールに声をかけた。ロンバールは支えを探すように周囲を見まわし、じっとストーブを見つめながらもごもごと答える。

「ええ……順調です……。どうも」

カウンターの上のほうに時計が掛かっている。メグレは時計に目をやった。まるまる五分が過ぎても、誰からも一言の言葉も発せられない。ヴァン・ダムは火の消えた葉巻もそのままに、ただ一人、嫌悪感むき出しの顔をしている。

観察していてもっとも興味深いのはジェフ・ロンバールだ。日中に起きた様々なできごとのために、神経が丸裸《まるはだか》になってしまっているのだろう。顔じゅうのありとあらゆる筋肉が、強弱の差こそあれぴくぴくと震えている。

皆が大声で話している店の中で、この四人の男のテーブルだけが、まさに沈黙のオアシスとなっていた。

「さあ、もうひと勝負だ！」右のテーブルから勝ち誇った声が聞こえてくる。

「三枚そろった！　いいかな？」左のテーブルからはためらいがちな声が聞こえてくる。

「ビール三杯！　三杯でーす！」ウェイターの叫ぶ声もする。

すべてが活気づき、賑わっていた。四人のテーブルだけが、目に見えない壁で徐々に取り囲まれていくかのようだった。

その呪縛を打ち破ったのはジェフ・ロンバールだった。黙って下唇をかんでいたロンバールは、いきなり立ちあがると口ごもりながら言った。

「も、もういい！」

そして苦悩に満ちた表情で仲間にちらりと鋭い視線を向けると、コートと帽子をつかんで出口に向かい、ドアをバタンと乱暴に開けて外に出ていった。

「あれは絶対、外で一人になったとたんに泣きだしますね」

メグレはもの思いにふけりながら言った。すでに感じていたのだ。ロンバールの喉の奥から怒りと絶望の嗚咽が湧きあがり、喉ぼとけを震わせていたのを。

メグレは、テーブルの大理石板を見つめているヴァン・ダムのほうを向いてビールを半分飲み干し、手の甲で唇をぬぐった。

それは、ランスのベロワール邸での時と同じ雰囲気だった。ただしその時よりも、十倍は濃縮されて煮詰まっている。あの時もメグレは、同じ面々をその存在感で圧倒していた。

そのうえメグレの大きな身体は、その存在感に威嚇的な意味合いを持たせていた。メグレは背が高く、横にも大きく、身体の厚みもあってがっしりしている。これといって凝ったところのない服装は庶民的な点を際立たせている。鈍重《どんじゅう》に見えるその顔には、牛のようにじっと一点に焦点を合わせ続けることのできる目がついている。

その姿はたとえば、子どもが怖い夢をみる時に出てくる、夢の中の人物に似ている。とてつもなく巨大で、顔にはまったく表情がなく、どんどん近づいてきて自分を踏みつぶそうとするもの。執拗で、情け容赦のない何か。いったん目標物に向かって歩き始めたら何ものもそれを止めることはできない、ゾウのような人物だ。

メグレは酒を飲み、パイプを燻らせ、満足そうに時計の針を見あげる。時計の針は一分ごとに、カチッという金属音をたててカクンと前に進んでいく。心なしか時計も青白くなっているようだ。メグレは誰のことも気にしていないようでいて、左右のどんな動きも見逃さない。

メグレにとってもこの時間は、これまでのキャリアで初めての尋常ではない体験だった。というのも、この状態が一時間近くも続いたからだ！　正確には五十二分間の神経戦だった。ジェフ・ロンバールは緒戦で脱落したが、あとの二人は持ちこたえた。

メグレは二人の前で、裁判官のようにそこにいた。だが糾弾することもなく、かといって何を考えているのかもまったくわからない裁判官だ。あとの二人にしてみれば、メグレが何を知っているのか、なぜやってきたのか、何を望んでいるのか、疑惑を解明するための言葉や行動を待っているのか、あるいはすでに真実にたどり着いているのか、それとも自信たっぷりの態度はただのはったりなのか、わからないことばかりだろう。いったい何を言えばいいのか、偶然に出会ったのだと言い続けるべきか否か、決められなくても不思議ではない。結局、答えは沈黙しかなかった。何を待っているのかもわからないまま、待つことになった。何かを待ちながら、何も起こることなく時だけが過ぎた。

時計の針が、一分ごとにわずかに動く。そのたびに、機械がかすかに軋《きし》む音がする。その音は、最初は聞こえなかったが今では大音響となって耳に響く。針の動きが三段階に分かれていることにも気がついた。最初に、カチッという音で針が動き始める。次に、針は少し先に移動する。最後に、もう一度カチッという音がして、針は新たな場所に収まる。そして時計の顔が変わる。長針と短針の間の鈍角が、しだいに鋭角になっていく。やがて二本の針が重なりあうのも時間の問題だ。

ウェイターが、この陰気なテーブルに驚いたような視線を投げかける。モーリス・ベロワールが時々唾を飲みこんだが、メグレは目を向けなくてもそれとわかった。ベロワールが生きているのが、そして呼吸をしたり、いらいらしたり、時には、よく礼拝堂でするようにそっと靴を動かしたりするのが、聞こえたり感じられたりしたからだ。

店内に残っている客はわずかになった。客の帰ったテーブルからは赤いクロスやカードが取り除かれ、青白い大理石の板が姿を見せている。ウェイターは外に出て鎧戸を閉め、女主人はチップを金額ごとに小さな山に分けて片付けている。

「まだここに残りますか？」

ついにベロワールが、ほとんど聞きとれないほどの声で尋ねた。

「そちらは？」

「それは……どうするか……」

するとヴァン・ダムがテーブルを硬貨で叩いて、ウェイターに言った。

「いくらだ？」

「皆様の分もご一緒でよろしいですね？ 九フラン七十五サンチームになります」

三人は、お互いに目を合わせないようにしながら立ちあがった。ウェイターが順番に三人にコートを着せてから言った。

「どちら様も、おやすみなさい」

店の外に出ると霧がたちこめており、街灯の明かりもほとんど見えないほどだった。通りの建物はすべて鎧戸が閉まっている。どこかかなり遠いところで、道を歩く足音が響いている。

どの方向に進むかで、三人のあいだに間《ま》が生じた。誰も、最初に足を踏みだす責任を負おうとしなかった。三人の背後で、カフェのドアの鍵が閉まり、閂《かんぬき》のかかる音がした。

左方向の路地には、それぞれふぞろいな外観の古い家々が立ち並んでいる。

「それでは、皆さん」メグレはようやく口を開いた。「もう、おやすみなさいと言うしかなさそうですね」

メグレはまずベロワールと握手した。その手は冷たく、筋ばっていた。次にしぶしぶ差しだされたヴァン・ダムの手は、汗ばんでいて締まりがなかった。

メグレはコートの襟を立てて咳払いすると、一人で人気《ひとけ》のない道を歩き始めた。そしてすべての感覚を研ぎ澄まして、どんな物音も聞き漏らさないようにすることだけに集中した。かすかな風のそよぎであろうと、危険を知らせる兆候を聞き逃してはならない。

メグレは右のポケットの中で、拳銃のグリップを握りしめた。左の方向には、細い路地が網の目のように広がっている。まるでリエージュの中心部に取り残された、人の寄りつかない孤島のようだ。そこでは、人々は音をたてずに急ぎ足で歩いているように思われた。ひそひそと話し声が聞こえたが、遠いのか近いのか、霧のせいで感覚が鈍り、はっきりとはわからない。

突然、メグレは横に飛びのき、そこにあった家のドアにへばりついた。その瞬間、乾いた銃声が鳴り響き、暗闇の中を誰かが全速力で走り去った。

メグレは何歩か前に走りでた。銃弾が飛んできたと思われる方向に目をやったが、何も見えない。袋小路の入り口らしきものが、いくつか暗い影になっているだけだ。二百メートルほど先、道の突き当たりには、すりガラスの丸い電球が見える。フライドポテトを売る店の看板代わりだろう。メグレがその店の前まで行ってみると、黄金色のフライドポテトが入った円錐形の紙包みを手に、娘が外に出てきた。娘は、気乗りのしない様子でメグレを誘うようなそぶりを見せたが、すぐにもっと明るい通りのほうに歩いていった。

メグレは太い人差し指でペンを便箋に押しつけ、時々パイプの熱い灰を中に押しこみながら、穏やかな心持ちで手紙を書いた。〈鉄道ホテル《オテル・デュ・シュマン・ド・フェール》〉の部屋の窓からは、駅の夜光時計が見える。今は夜中の二時だ。

親愛なるリュカへ

今後何が起こるかわからないので、きみに以下の情報を伝えておくことにするよ。そうすれば万一の場合、わたしが始めた捜査を、きみに引き継いでもらうことができるからね。

一・先週ブリュッセルにて、浮浪者風の貧しい身なりの男が、千フラン札三十枚を小包にして、パリのロケット通りにある自分の住所宛てに送付した。調べてくれれば、この男が同じような大金を度々自分宛てに送っていたこと、しかしその金を使った形跡のないことがすぐ確認できるだろう。その証拠に、男の部屋からは、自ら燃やしたとみられる大量の紙幣の燃えさしや灰が見つかっている。

男はルイ・ジュネという偽名で生活していた。住まいと同じ通りにある工場の作業場で、だいたいは定期的に仕事をしていた。結婚し（ピクピュス通りで薬草店を営むジュネ夫人に会うといい）子どもも一人いたが、重度のアルコール依存症になって厄介な状況を引き起こし、妻子を捨てて失踪してしまった。

ブリュッセルで金を発送した後、男はホテルの部屋に置いてあった服を入れるためにトランクケースを買った。そのトランクケースは、男がブレーメンに向かっている道中で、わたしが別のトランクケースとすり替えた。

男は、それまでは自殺を考えているようなそぶりもなく、夕食用に食べものも準備していたのに、トランクケースの中の服が盗まれたとわかったとたんに自殺してしまった。

その服は古い三つ揃いのスーツで、男のものではなかった。何年も前の、乱闘等によって破れたような跡があり、また、大量の血液が染みこんでいた。このスーツはリエージュで仕立てられたものだ。

ブレーメンでは、一人の男がルイ・ジュネの遺体を見にやってきた。輸出入取次業者をしている、リエージュ出身のジョゼフ・ヴァン・ダムという男だ。

パリでは、ルイ・ジュネの本名がジャン・ルコック・ダルヌヴィルであることがわかった。ジャン・ルコック・ダルヌヴィルはリエージュ出身で、ずいぶん前から消息不明になっていた。大学教育まで受けており、十年ほど前にリエージュから失踪しているが、地元ではきわめて評判がよかったようだ。

ニ・ランスでは、ブリュッセルに行く前のジャン・ルコック・ダルヌヴィルが、夜間にモーリス・ベロワール邸に入っていく姿が目撃されている。モーリス・ベロワールは銀行の副支店長でリエージュ出身。本人はランスでダルヌヴィルに会ったことを否定している。

だがブリュッセルからパリに送られた三万フランの出所は、まさにこのベロワールだった。

ベロワール邸で、わたしは他に三人の男に出会った。飛行機でブレーメンから来たヴァン・ダム、リエージュ在住で写真製版業のジェフ・ロンバール、やはりリエージュ出身のガストン・ジャナンだ。

わたしはヴァン・ダムとともにランスからパリに戻ったが、その途上でヴァン・ダムは、わたしをマルヌ川に突き落とそうとした。

次のリエージュでも、わたしがジェフ・ロンバールの家を訪ねると、そこにはすでにヴァン・ダムが来ていた。ロンバールは、十年前は絵を描くことに没頭していたらしく、自宅の壁は当時描いた絵で埋め尽くされていた。そのほとんどが、首を吊った人間を描いたものだ。

わたしは地元のすべての新聞社をまわったが、ロンバールが首吊り男の絵を描いていた年の二月十五日の新聞記事は、ことごとくヴァン・ダムによって破りとられていた。

その夜、わたしは街中のカフェに出かけていった。午後に差出人の名前のない手紙が届き、すべてを教えるから来るように、と言ってきたからだ。だが約束の店で待っていたのは、一人ではなく、三人だった。ベロワール（ランスから来たのだ）とヴァン・ダム、そしてジェフ・ロンバールだ。

三人は非常に気まずい様子だった。この三人の中の誰か一人が、わたしと話をしようと決心したことは確かだ。他の二人はそれを止めるためにやってきたのだろう。ジェフ・ロンバールは顔を引きつらせたままで、途中でいきなり出ていってしまった。わたしは残りの二人とその場にとどまった。霧の中、店を出て二人と別れた時は零時を過ぎていた。それからまもなく、わたしに向かって銃弾が飛んできた。

結論は、三人のうちの誰かがわたしと話をしたいと考え、三人のうちの誰かがわたしを抹殺しようとした、ということだ。

わたしを消そうとした行動からわかるのは、この犯人はまた同じことをする、そして、わたしを殺さなくてはもうどうにもならない状況にある、ということだ。だが撃ったのは誰か？　ベロワールか？　ヴァン・ダムか？　ジェフ・ロンバールか？　その人物が再度行動に出る時に、それが誰かがわかるだろう。

そういうわけで、不慮の事態が起こる可能性があるので、万一に備えてきみにこのメモを送っておく。これがあれば、始まったばかりのこの捜査を、きみが引き継ぐことができるだろう。

この事件の感情的な側面を知るには、とくにジュネ夫人と、死者の兄であるアルマン・ルコック・ダルヌヴィルに会うといい。
さあ、もう寝ることにするよ。そちらのみんなにもよろしく。

メグレ

翌朝、メグレはアヴロワ公園の中を歩いて通り抜けた。霧は晴れていたが、木々の葉や草の表面には真珠のような白い霜の結晶が残っていた。空は薄い青色で、まだ寒そうな太陽が地上を照らしている。霜は、刻々と透きとおった水滴へと形を変え、砂利の上に落ちていく。

やがて〈ル・カレ〉地区まで来たが、朝の八時とあって、まだ人通りはほとんどない。映画館の宣伝用の看板が、閉まったシャッターの前に立てかけてある。メグレはポストの前で立ちどまり、リュカ巡査部長宛ての手紙を投函した。そしてある種の感慨にふけりながら周囲を見渡した。

この街の、太陽の淡い陽ざしが降りそそぐ通りのどこかで、まさにこの同じ時刻に、自分のことを考えている人間がいる。そしてその人物は、自分を殺す以外に救われる道がないのだ。その男は自分より土地勘がある。昨夜、入り組んだ暗い路地裏でまんまと逃げおおせたことがその証拠だ。そしてその男は、こちらのことを知っている。今この瞬間にも、どこからかこちらを見ているのかもしれない。それなのに、こちらは相手の正体を知らないのだ。

その人物はジェフ・ロンバールなのだろうか？　危険は、オール＝シャトー通りのあの古い家の中にあるのだろうか？　あの家の二階では、赤ん坊を生んだばかりの夫人が、人のよさそうな母親に世話されながら眠っており、作業場では、のんびりした職人たちが酸の入ったバケツの間で立ち働き、新聞社の使いから督促を受けて困っている。

それともジョゼフ・ヴァン・ダムなのだろうか？　陰険で執拗で、大胆不敵で術策にたけたあの男が、先回りして、どこかで自分が行くのを待ち構えているのではないだろうか？　なにしろあの男は、ブレーメンで最初に会った時からすべてを見越していたのだ。ドイツの新聞に掲載されたたった三行の記事を見ただけで、すぐに遺体安置所に駆けつけてきた。一緒に昼食をとった後は、自分より先にランスに到着した。オール＝シャトー通りの家にも一番乗りし、新聞社にも先回りした。

あまつさえ、〈カフェ・ド・ラ・ブルス〉にまであらわれたのだ！　確かに、あの匿名の手紙を書いて自分に何かを話そうとしたのがヴァン・ダムではない、という証拠は何もない。だが、それがヴァン・ダムだという証拠もいっさいないのだ。

ベロワールの可能性だってある。きちんとしてはいるが冷淡で、いかにも地方のブルジョワらしい傲慢なあの男が、霧の中で発砲したのかもしれない。メグレを殺す以外に救われる道がないのは、まさにあの男なのかもしれない！

あるいは、背の低いあごひげの彫刻家、ガストン・ジャナンはどうだろう。〈カフェ・ド・ラ・ブルス〉には来なかったが、外で待ち伏せすることはできただろう。

こうしたすべてのできごとと、教会の十字架で首を吊って揺れていた男の絵は、いったいどのような関係があるのだろうか？　様々に描かれた首吊り男たちや、森の木々にまるで果物がなるようにぶらさがっていた大勢の首吊り男たちには、いったいどういう意味があるのだろうか？　そしてB服。血を浴び、折り返し部分が鋭い爪で引っかかれてほつれている、あの古いスーツとの関係は？

街はしだいに人が増え、タイピストたちが職場に向かっている。市の道路清掃車がゆっくりと進みながら、二つの散水機とローラー型ブラシでごみを排水溝の中に落としていく。道路の角では、白いヘルメットをかぶった警察官たちが、白い手袋をした腕を上げて交通整理にあたっていた。

「中央警察署はどこですか？」

メグレは警察官に道を尋ね、教えられた方向に向かった。警察署に着いてみるとまだ清掃員の女性たちが掃除をしている最中だったが、快活な事務官の男性がメグレの応対に出てきた。メグレが十年前の調書を見せてほしい、とくに二月のものに関心がある、と言うと、事務官は大声をあげた。

「おやおや、この二十四時間であなたが二人目ですよ！　もしかして、その頃ジョゼフィーヌ・ボランという女が職場の金を盗んだという内部窃盗事件が、本当にあったのかどうかを、お知りになりたいんじゃありませんか？」

「誰かが来たということですか？」

「ええ、昨日の午後五時頃にね。リエージュの出身者で、外国で出世した人です。まだすごく若いのにね！　ドイツに行ってビジネスで成功しているらしいですよ」

「ひょっとしてジョゼフ・ヴァン・ダムという人ですか？」

「そうそう、その人です！　でも書類を調べても、探していた情報は見つからなかったようですが……」

「その書類をわたしにも見せていただけますか？」

それは緑色のファイルで、日々の報告書が通し番号をつけて綴じられていた。二月十五日のところには五件の調書がファイルされている。二件は泥酔と騒音による夜間安眠妨害事件、一件は万引き事件、もう一件は傷害事件で、最後の一件は他人の土地への不法侵入と家畜のウサギの窃盗事件だった。

メグレは内容には目もくれず、それぞれの報告書の一番上に記載された通し番号を見た。

「ヴァン・ダムさんは、一人きりでこのファイルを閲覧していたのですか？」

「ええ、そうです。ここの隣の部屋にいましたね」

「わかりました。どうもありがとう」

五件の調書の番号は二三七、二三八、二三九、二四一、二四二番だった。つまり二四〇番が抜けている。新聞社で新聞記事が破りとられていたように、警察署でも、調書が一枚破りとられていたのだ。

数分後、メグレは市役所の裏手の広場にいた。結婚式の参列者を乗せた何台もの車がそばを通り過ぎる。メグレは、どんな小さな音も聞き漏らすまいと思わず耳をそばだてた。なぜだかいやな予感がして不安になったからだ。

8 小さなクライン

市役所の前についたのは九時ちょうどだった。なんとか始業時刻に間にあった。出勤してきた職員たちが市役所正面の前庭を横切り、美しい石造りの階段でしばし立ちどまっては、お互いに握手をしている。階段の上では、縁飾りのついた制帽をかぶり、きれいにあごひげを整えた守衛がパイプをふかしていた。海泡石《メシャムパイプ》のパイプで、メグレはなぜだかそれがとても気になった。その理由はたぶん、朝の陽ざしがパイプに反射してきらきら光っていたからであり、そのパイプがすでに使いこまれて琥珀《こはく》色に染まっていたからであり、さらには、いかにも気持ちよさそうに少しずつ煙を吐きだす守衛が、そしてまるで平和と生きる喜びの象徴のようにその場に立っている守衛の姿が、メグレには一瞬とても羨ましく思えたからだ。

今日は朝から空気が気持ちよく澄み、太陽が空高く昇るにつれてますます冴えわたっていた。ベルギー風のフランス語《ワロン語》で叫ぶ声、黄色と赤の路面電車のけたたましい警笛、堂々たる噴水から噴きだす四本の水流の音など、街の様々な味わい深い音が混じりあって響いてくる。噴水を見下ろすようにリエージュ市役所の正面玄関があり、そこからは近くの市場のざわめきまでが手にとるように感じられた。

ところがその時、正面玄関に至る左右二翼に分かれた階段を、ジョゼフ・ヴァン・ダムがのぼっていくのが目に入った。ヴァン・ダムはそのままロビーに駆けこんでいく。メグレは後を追って一目散に走りだした。建物の中に入ると、階段は再び左右に分かれ、次の階の踊り場で合流する造りになっていた。メグレとヴァン・ダムはそれぞれ階段を駆けあがり、踊り場で顔をつき合わせた。ともにぜいぜい息を切らしていたが、首から銀のチェーンをぶら下げた取次係の前では、なんとか平静を装った。

それはほんの一瞬の差だった。

「書記官にお会いしたいんです。緊急の用事なんです」

メグレは大きな声で言った。

階段をのぼってくる間メグレは、ヴァン・ダムがまた何かを破棄しようとここにやってきたことを確信した。新聞社でも中央警察署でもそうだったのだ。

警察署では二月十五日の調書が一枚破りとられていたが、ほとんどの市では、警察は日々の報告書の写しを毎朝市長に提出している。リエージュでも写しが提出されているのではないだろうか。メグレはそう考えて市役所にやってきたのだが、ヴァン・ダムも同じだったらしい。

取次係に声をかけた時、メグレはヴァン・ダムから二メートルと離れていない場所にいた。二人の視線が交差した。挨拶すべきか双方に躊躇があったが、言葉は交わされなかった。取次係がヴァン・ダムに用件を尋ねた。

「たいしたことでは……。また出直してきますよ……」

ヴァン・ダムは小声でそう答えると、その場から立ち去った。やがて遠ざかっていくかすかな足音が一階のロビーから聞こえてきた。

しばらくしてメグレは豪奢な事務室の中に通された。その場所で、モーニングコートと幅の高すぎる付け襟でがっちりと身を固めた書記官が、十年前の報告書をせっせと探しだしてくれた。事務室の空気は生ぬるく、絨毯はふかふかしていた。壁のほぼ一面を占める大きな歴史画に陽の光があたり、絵の中の司教の杖が光っている。

三十分ほど調べた結果、メグレはウサギの窃盗や泥酔、万引きの調書の写しを見つけた。そして二件の調書の間に、次の記録が残っていた。

今朝六時、第六管区のラガス巡査が、警備のためアルシュ橋に向かう途中でサン＝

フォリアン教会の前を通りかかったところ、正面大扉の呼出用叩き金《ノッカー》に人の身体が吊り下がっているのを発見した。

ただちに医師が呼ばれたが、すでに死亡していることが確認された。死亡したのはエミール・クラインというアングラール生まれの二十歳の塗装工で、現住所はポ＝ト＝ノワール通り。

クラインは夜中のあいだに、巻きあげ式ブラインドのひもを用いて自ら首を吊ったものと思われる。ポケットにはわずかな小銭が入っていただけで、他には特段の貴重品はなかった。

調べによると、クラインは三カ月前から定期的な仕事をすべてやめていたことがわかっており、困窮状態にあったことが自殺の引き金になったと考えられる。

本件はクラインの母親に通知された。母親はアングラール在住で、わずかな下宿代を得て暮らす寡婦である。


その後は、気持ちの高ぶった時間が続いた。メグレはこの新しい情報をもとに全力で突き進んだ。しかし、自分でもはっきりと意識してはいなかったが、メグレはこのクラインという人物に関する情報よりも、どこかでヴァン・ダムと出会うことを期待していた。

というのも、ヴァン・ダムが目の前にあらわれることによって初めて、真実に近づくような気がしていたからだ。それは、ブレーメンで最初に出会った時から始まっていたのではないか。その時からずっと、一歩進むたびに、行く先々でヴァン・ダムに出くわしてきたのではなかったか。

今回、ヴァン・ダムは市役所でメグレと会っているのだから、こちらが例の報告書を見たことも、クラインの一件を知ったこともわかっているはずだ。

ところが、アングラールでは何も起こらなかった。メグレはタクシーで工業地区の奥まで入っていった。いくつもの工場や煙突があって、その足元には、どれも代わり映えのしない煤煙で煤《すす》けた労働者の小さな家々が立ち並ぶ、貧しい界隈だ。

一軒の家の前で、入り口を掃除している女性がいた。エミール・クラインの母親が住んでいるはずの家だ。メグレは声をかけた。

「あの人なら、亡くなってからもう五年にはなりますよ」女性が答えた。

ここには、ヴァン・ダムが出没している様子はない。

「息子さんは一緒に住んでいなかったんですか？」

「いませんよ。それに息子は、最期はかわいそうなことになってしまってね……。教会の扉のところで、自殺してしまったんですよ……」

それだけだった。ここでわかったことは、クラインの父親が炭鉱で坑夫長をしていたこと、そして父親の死後、母親は借家を又貸しして自分は屋根裏部屋に引っこみ、わずかな下宿代を得て暮らしていたということだけだった。

「六区の警察署まで行ってくれるかい」

メグレはタクシーの運転手に言った。第六管区のラガス巡査は幸いにもまだ生きていたが、当時の記憶はおぼろげだった。

「あの夜は、たしか一晩じゅう雨が降り続いていたような……。そう、その男は全身びしょ濡れで、赤い髪が顔にはりついていました」

「体格はいいほうでしたか？　それとも小柄？」

「どちらかといえば小柄だったような……」

次にメグレは憲兵隊に向かい、馬の汗と革の匂いがする事務所の中で一時間近くを過ごした。

「当時二十歳ということであれば、徴兵検査を受けていたはずですね……。名前はクラインでしたっけ？　Kで始まる？」

書類を探していた憲兵隊員が、兵役免除者のファイルから十三番の紙をとりだした。メグレはその紙に記されていた数字を書き写した。身長一メートル五十五センチ、胸囲八十センチ。備考欄には肺機能虚弱とあった。

やはりここにも、ヴァン・ダムは姿を見せない。つまり、他を当たるべきだということだ。午前中に走りまわった結果わかったことは、サン＝フォリアン教会で首を吊った男は小男で、したがってB服がその男のものである可能性はまったくない、ということだけだった。

それに、クラインは自殺だった。すなわち乱闘はなく、血は一滴も流れていない。ではこのことはいったい、ジャン・ルコック・ダルヌヴィル、またの名をルイ・ジュネというあのブレーメンの放浪者と、どのような関係があるのだろうか？　あのトランクケースや、ブレーメンでの自殺という行動とのつながりは、いったい何なのだろうか？

「わたしはここで降りるよ。ところで、ポ＝ト＝ノワール通りというのはどこにあるのかな？」

「教会の裏手の通りですよ。そのまままっすぐ行くと、サント＝バルブ河岸に出る道です」

メグレは金を払い、サン＝フォリアン教会の正面でタクシーを降りた。そして、広い高台の中央にそびえ立つ新しい教会を眺めた。

教会の左右両側には広い道が延び、その道に沿って、教会と同じ頃に建った新しい建物が並んでいる。だが教会の裏手には、古い教会を取り壊す際に一部の区画が削りとられたものの、古い界隈が昔のまま残っていた。

メグレは、文房具店のショーウインドーに昔の教会を写した絵はがきが並んでいるのを見つけた。以前の教会は今よりも低く、どっしりとして、全体に黒かった。建物の一翼はいくつもの梁《はり》で支えられている。三方の壁面には、小さくみすぼらしい家々がもたれかかるように迫っていて、教会を中心として全体が中世的な雰囲気を醸しだしていた。

裏手にあった昔の《奇跡の袋小路》のような貧民窟は、今ではほんの一区画しか残っていなかったが、そこには今も入り組んだ路地や袋小路が無秩序に走り、胸がむかつくような貧困の臭いが充満していた。

メグレはポ＝ト＝ノワール通りにやってきた。幅が二メートルもない道で、石けん水のような水が道の真ん中を流れている。子どもたちが家々の戸口の前で遊び、その背後からは、そこにひしめき合う人々の生活音が聞こえてくる。空には太陽が輝いているにもかかわらず、陽の光はこの狭い路地の奥までは届かず、通りは薄暗い。樽職人が、火鉢で暖をとりながら路上で大樽に箍《たが》をはめている。

家の住居表示番号が消えているので、メグレは人に番号を訊きながら歩かなければならなかった。七番地の場所を尋ねると、鋸《のこぎり》や鉋《かんな》の音が聞こえてくる袋小路を指し示された。

行ってみると、突き当たりにはドアを開け放した木工職人の作業場があった。木工用の作業台がいくつか置かれ、ストーブの上で膠《にかわ》が溶けている。職人が三人働いていたが、そのうちの一人が顔をあげ、火の消えたタバコの吸い殻を脇に置いて、訪問者が口を開くのを待った。

「クラインという人が住んでいたのはここですか?」

職人は、思わせぶりな態度で仲間のほうをちらりと見てから、ドアの先にある暗い階段を指さして唸るように言った。

「そこの上だよ! もう人がいるけどね!」

「新しい下宿人ですか?」

職人は妙な薄笑いを浮かべただけだったが、メグレがその意味を理解したのは、もう少し後になってからのことだった。

「まあ、行ってみなさい。二階だよ。間違いようがない。ドアはあれ一つしかないからね」

別の職人が大鉋を使いながら、声をたてずににやりと笑う。

メグレは階段を登っていった。まったくの暗闇で何も見えない。数段登ると、手すりがなくなった。マッチを擦って火をつけると、上のほうにドアが見えた。錠前もドアノブもついていない。代わりに錆びた釘が打ちこまれ、それにひもが結びつけられている。階段側からドアを閉める時は、そのひもを引っぱって内《うち》開きのドアを閉じることになっているらしい。

メグレはポケットの中で拳銃を握り、膝でドアを押し開けた。そのとたん、突然あふれでたまばゆい光に目がくらんだ。三分の一が割れている部屋の窓ガラスから、陽の光が差しこんでいた。予想外のできごとに、メグレは一瞬、はっきりと部屋の中を識別することもできないままあたりを見まわした。やがて目が慣れてくると、部屋の隅で壁にもたれて立つ男の姿が目に入った。こちらを恐ろしい目つきで睨んでいる。ジョゼフ・ヴァン・ダムだった。

「お互い、いずれここにたどり着くことになっていたわけだ。そうでしょう？」

メグレは言った。その声は、あまりにあけすけであまりに空虚な空間の中で、驚くほど響きわたった。ヴァン・ダムは口をきかず、身動きもせず、怒りに燃えた目でメグレを見据えていた。

ある場所がどういう造りになっているのかを理解するには、そこがかつて修道院だったのか、兵舎だったのか、あるいは個人の大邸宅だったのか、その建築様式を知る必要があるだろう。

だがこの場所はどれにも当てはまらず、いっさいが不調和だった。床の半分が板張りになっているかと思えば、あとの半分は古い礼拝堂のように、様々な形のタイルが敷き詰められている。壁は漆喰の塗り壁だが、一部分だけ茶色いレンガで埋められた四角い箇所がある。たぶん古い窓を塞いだ跡だろう。ガラス窓からは、切妻造りの家の壁と軒が見え、遠くのほうにはムーズ川沿いに並ぶ様々な形の屋根が見渡せた。

だがここまでは、とくに驚くようなことではない。異常なのは、この部屋に置かれている物やその設《しつら》えだ。すべてがあまりに支離滅裂で、まるで狂人用の独房か、度を越した悪ふざけでも見ているようだった。

床には新しい椅子や作りかけの椅子がいくつも放置され、羽目板を修理したドアはそのままぺたんと寝かせられており、糊《のり》の瓶や壊れた鋸、わらやおが屑がはみだした道具箱などもごちゃごちゃと床に散らばっている。

いっぽう部屋の隅には、ソファーベッドらしきものが置かれている。というよりは、むしろスプリングだけになってしまったベッドと言ったほうがいいかもしれない。スプリングの一部はインド更紗の布で覆われており、その真上には、古道具屋で時々見かけるような、不格好な色付きガラスのランタンがぶら下がっている。

スプリングだけのベッドの上には、解体された不完全な骸骨の模型が打ち捨てられている。医学部の学生が使うようなものだ。肋骨と骨盤がまだ留め金でつながっているので、まるで布人形のように独特な形で前に傾《かし》いでいる。
そして極めつきは、なんといっても部屋の壁だ。白い壁は、絵で覆いつくされていた。フレスコ画のような絵もあり、まさに漆喰壁の壁画だ。混沌としたこの部屋の中で奇抜さで群を抜いているのが、間違いなくこの壁だった。絵の中の人物たちはしかめ面をしている。そして落書きの文字もあった。
《サタン万歳！　われらが始祖》
壁際の床には、背の破れた聖書やしわくちゃになったクロッキー画、黄ばんだ紙が転がり、どれも厚い埃をかぶっている。落書きはドアの上にもあった。
《ようこそ！　呪われし者たちの館へ！》
こうした物置同然の部屋の真ん中に、木工作業所の匂いがする作りかけの椅子や糊の瓶、まだ加工されていないモミの木の板が置かれ、赤く錆びたストーブがひっくり返っているのだった。
そしてこの中に、ジョゼフ・ヴァン・ダムはいた。仕立てのよいコートに身を包み、顔の身だしなみも整え、ぴかぴかに磨かれた上等の靴を履いて、そこにいた。ブレーメンの有名ビアホールの常連である男。近代的な高層ビルディングにモダンなオフィスを構えている男。豪華な晩餐をとり、年代物のアルマニャックを何杯も飲む男。自分の車を運転してまわった時も有力者への挨拶をかかさず、あの毛皮のついたコートの人は百万長者ですよとか、あっちの人は貨物船を三十隻も所有しているんですなどと説明していた男。その後には、軽快な音楽が流れグラスや皿の音が響く中で、そこにいる大物たち全員に握手をしてまわった男。自分もすぐに彼らと対等の立場になるのだと思いながら……。

そのヴァン・ダムが、今ここにいた。追い詰められた獣のような表情で。身動き一つせずに。あいかわらず壁にもたれたまま、漆喰の白い粉が肩を汚すのも気にせずに。片手をコートのポケットに突っこみ、重苦しい視線をメグレに注いだままで、立っていた。

「いくらだ？」

ヴァン・ダムは、今本当に言葉を発したのだろうか？　メグレはふとそんなふうに思った。この、ふつうならあり得ない状況の中では、今の言葉も幻聴だったのではないだろうか？

メグレは身震いすると、座面のない椅子をひっくりかえした。大きな音が響きわたった。

ヴァン・ダムの顔は真っ赤だったが、健康的な血色のよさではまったくなかった。血圧の上がっていそうなその赤い顔と眼差しの中に見えたのは、恐れと絶望、憤り、そして何がなんでも生きぬき、勝利を勝ちとるぞという強い意志だった。最後の力をふりしぼって抵抗しているのが見てとれた。

「なんの話です？」

メグレはそう言うと、ガラス窓のほうに歩みよった。ガラス窓の下には、隅に掃きよせられたしわくちゃのクロッキー画が溜まっていた。返事を聞く前に、メグレは数枚の絵を広げてみた。どれも裸体画だった。そこに描かれている若い娘は、顔立ちは人並みで髪もぼさぼさだったが、はつらつとして均整のとれた肉体に、盛りあがった乳房と豊かな腰つきをしていた。

「今ならまだ間にあう」ヴァン・ダムはなおも言う。「五万フランか？　それとも十万か？」

メグレはヴァン・ダムに好奇の眼差しを向けた。ヴァン・ダムのほうは興奮を抑えきれない様子で叫ぶ。

「二十万でどうだ！」

散らかり放題のこの部屋の、尋常ではない壁に囲まれたこの空間の中から、恐怖心がぴりぴりと伝わってくる。その中には、きな臭く、不健康で、病的な何かが感じられた。おそらくは恐怖以外の感情が含まれているからだろう。たとえば、押し殺している殺人の誘惑や衝動が……。

だがメグレは、引き続き古いクロッキーを丹念に調べ続けた。どのポーズの絵も、豊満な肉体の同じ娘がモデルになっていた。ポーズをとる間、娘が頑として前を見つめていた様子が目に浮かぶようだった。ある絵の中では、今はソファーベッドを覆っているインド更紗の布をまとった姿で描かれ、別の絵の中では、黒いストッキング姿で描かれていた。モデルの背後には、今もソファーベッドの足元に放置されている髑髏《どくろ》があった。メグレは、ジェフ・ロンバールの家で見た絵にも髑髏があったことを思いだした。

まだぼんやりとしてはいるものの、人々やできごとの間に、時間と空間を超えてひとつのつながりが生まれ始めていた。メグレは、はやる気持ちを抑えて次の絵を広げた。それは、若い男を描いた木炭画のクロッキーだった。男は長髪で、あごには生えかけのひげがあり、シャツの襟を胸まではだけている。これもまたロマン派的なポーズだった。顔をわずかに横に向け、太陽を見据える鷲のごとく、じっと未来の方向を見つめているように見える。この若者こそ、まさにジャン・ルコック・ダルヌヴィルだった。ブレーメンのみすぼらしい宿で自殺した男。ソーセージパンを最期まで食べることのなかった放浪者だ。

「二十万フランだ!」

ヴァン・ダムがもう一度繰りかえし、さらに付け足した。

「フランスフランで!」

為替相場のような細かいことにまで気がまわってしまう実業家の性《さが》が、こんなところでも出てしまうらしい。

「いいか、警視……」

メグレは、懇願が脅しに変わろうとしていることを感じた。今怯えで震えている声は、すぐに怒りに満ちたあえぎ声に変わることだろう。

「今ならまだ間にあう……。正式な訴えはどこからも出ていないんだ。ここはベルギーなんだぞ」

ランタンの中には、燃え残ったろうそくが入ったままになっている。床に積み重なった紙の下からは、古い石油コンロがあらわれた。

「あんたは正式な捜査をしているわけじゃない。だいいち……。とにかく一カ月待ってほしい」

「つまり、それは十二月に起こったということだ……」

メグレの言葉に、ヴァン・ダムはますます壁に張りついたように見えた。

「な、何が言いたいんだ？」

「今は十一月だ。二月には、クラインが首を吊ってから十年になる。だがあんたはわたしに、一カ月だけ待てと言う……」

「なんのことだか、さっぱりわからないな……」

「いやいや！」

メグレはあいかわらず左手で古い紙の山を引っかきまわし、しわの寄った紙が擦《こす》れてカサカサと音をたてる。その間も、右手はコートのポケットに突っこんだままだ。ヴァン・ダムを不安にさせるには充分な光景だ。

「よくわかっているはずだよ、ヴァン・ダムさん。もしこれが、クラインが死んだ時の話なら、そしてたとえば、クラインの死が殺害によるものだったとするならば、その時効は十年後、つまり今度の二月のはずだ。だが、あんたが待てと言ったのは一ヵ月だけだ。つまり、それが起きたのは十二月ということになる……」

「調べたって何も出てくるはずがない……」

ヴァン・ダムの声は、調子の狂った蓄音機のように震えている。

「それじゃあ、どうして怯えているんです？」

メグレはベッドのスプリングを持ちあげてみたが、下には埃と、カビが生えて緑色になった、ほとんどそれとはわからないようなパンのかけらが落ちていただけだ。

「二十万フランで……。それで手を打てれば……その後で……」

「顔に一発お見舞いされたいのかね？」

メグレの言葉があまりにも唐突で思いがけないものだったので、ヴァン・ダムは一瞬平静を失い、身を守ろうと思わず身構えた。その拍子に、ポケットの中で握りしめていた拳銃がうっかり外に引きだされた。ヴァン・ダムは自分でそのことに気がつき、呆然とした様子で、引き金を引くべきかどうかためらっていた。

「それを放すんだ！」

ヴァン・ダムの指が開き、拳銃は床の上の、おが屑の塊のそばに落ちた。

メグレは敵に背中を見せ、再びがらくたの山を探索し始めた。そして今度は、やはりカビが生えて黄色いまだら模様になった片方だけの靴下を拾いあげた。

「ヴァン・ダムさん、それでだね……」

沈黙の中に何かふつうではない気配を感じて、メグレは振りかえった。ヴァン・ダムが手で顔をぬぐっていた。頬には濡れた跡が残っている。

「泣いているのか？」

「わたしが？」

この《わたしが？》には、好戦的で嘲笑的な、そして自暴自棄の響きがあった。

「兵役はどこの部隊だったのかね？」

ヴァン・ダムにはこの質問の意味がわからなかったが、少しでも望みがありそうなものにはなんにでもしがみつくつもりだった。

「予備役少尉学校にいたが……ベーフェルロにある……」

「歩兵だった？」

「騎兵だ……」

「つまり、あんたは当時、身長が一メートル六十五センチから一メートル七十センチの間だったということだね。体重は七十キロはなかった。太ったのはその後だ」

メグレは身体にぶつかった椅子を脇に押しやり、また別の紙切れを拾いあげた。手紙の切れ端のようだが、《親愛なるきみへ》という一行分しか読めない。

探索しながらも、メグレはヴァン・ダムの様子を観察し続けた。ヴァン・ダムのほうは質問の意味を考えていたが、突然それに思い当たり、動転して顔を引きつらせながら叫んだ。

「わたしじゃない！　わたしはあの服を着たことなんか一度もない！」

メグレは、ヴァン・ダムが落とした拳銃を足で部屋の反対側に蹴飛ばした。

その瞬間、自分でもなぜだかわからなかったが、メグレはまた子どもの数を計算していた。ベロワールのところに一人！　オール＝シャトー通りには三人いて、最後に生まれた赤ん坊はまだ目も開いていない！　そして偽のルイ・ジュネの息子が一人！

床には、サインのない赤チョーク《サンギーヌ》で描かれたデッサンが転がっていた。例の美しいモデルが裸で腰を反らせている。

その時、階段のほうからためらいがちに上がってくる足音が聞こえた。やがて誰かがドアノブ代わりのひもを探して、ドアを手で触り始めた。

9　黙示録の同志

言葉も、あるいは沈黙も、そして視線も、さらには自分では制御できない筋肉の震えさえも、人と人とのやり取りの中では、すべてが大きな意味をもつ。その意味が理解できれば、それぞれが背中に負っている目には見えない薄暗いもの、すなわち恐怖心を、見抜くことができるようになる――。

やがて部屋のドアが開き、モーリス・ベロワールが姿をあらわした。ベロワールは、まず部屋の隅で壁に張りついているヴァン・ダムに視線を向け、次に床に落ちている拳銃を見た。状況を理解するにはそれで充分だったが、さらにメグレのほうに目を向け、その理解に間違いのないことを知った。メグレは悠然とパイプをくわえ、あいかわらず古い絵を見てまわっていた。

「ロンバールが来る！」ベロワールが叫んだ。メグレに向けて言ったのか、それともヴァン・ダムに言ったのかはわからない。「わたしは車で来た」

メグレはその言葉で、この男は勝負を投げたのだとわかった。ほんのかすかな変化ではあったが、顔の緊張が緩み、話し方には力がなくなって恥じ入るような声になっていたからだ。三人はしばらく黙って相対した。ヴァン・ダムが最初に口を開いた。

「いったいどういう……?」

「ロンバールが逆上してしまって……。落ち着かせようとしたんだが、逃げだしたんだ……。身もだえして独りでぶつぶつ言いながら出ていってしまったんだよ」

「武器を持って?」メグレが訊いた。

「武器を持ってです」

ベロワールは、動揺のあまり自分を見失ってしまった人間に特有の悲痛な顔をして、次の言葉を聞こうと耳をそばだてている。

「二人でオール＝シャトー通りの家にいたんだね? そこで話し合いの結果を待っていたわけだ。わたしとこちらとの――」

メグレはそう言いながら指でヴァン・ダムを指し示した。ベロワールがうなずく。

「ということは、三人とも合意していたわけだね? わたしに話をもちかけて……」

最後まで言い終える必要はなかった。それだけですべてが理解された。沈黙でさえ理解できただろう。お互いに、考えていることが手にとるようにわかる気がした。

その時突然、誰かが階段を慌ただしく登ってくる足音がした。つまずき、転ぶ音に続いて、怒りに満ちたうめき声があがる。ほどなくドアが蹴り開けられ、ジェフ・ロンバールがドア枠の中に姿をあらわした。そしてその場で立ちどまったまま、ぞっとするような目で部屋の中の三人を凝視した。

熱に浮かされているのか、あるいは一種の精神錯乱状態にあるのか、身体がぶるぶると震えている。きっとその目に映っているものも、すべてが震えていることだろう。ベロワールの輪郭が二重に見え、赤くほてったヴァン・ダムの顔も震えて見え、息を詰めて微動だにしない大柄なメグレまでもが揺れて見えているにちがいない。

そのうえ、部屋の中はがらくたが散乱してひどい有り様だ。床に散らばったデッサン、乳房とあごしか見えない裸婦の絵、不格好なランタン、底が抜けたソファーベッド……。

ロンバールはその長い腕の先に回転式拳銃を握っていたが、この状況を一瞬で理解した。そして床の上に拳銃を投げ捨てた。メグレは静かにロンバールを観察していたが、拳銃を手放したのを見てほっと息をついた。ロンバールは両手で頭を抱えて泣き崩れ、しわがれ声でうめいた。

「だめだ！　ぼくにはできない！　わかるかい？　ぼくには無理なんだ！」

そして両腕を壁に押しつけた。肩が激しく震え、鼻水をすする音がした。

メグレは戸口に行ってドアを閉めた。ここまで聞こえてくる鋸と鉋の音が、まるで遠くで子どもたちがきゃあきゃあ騒いでいる声のように聞こえたからだ。

ジェフ・ロンバールはハンカチで顔を拭き、髪を後ろにかきあげた。そして、極度の興奮状態がおさまった時に誰もがなるような虚ろな目で、周囲を見まわした。まだ完全に落ち着いたわけではなく、指がこわばり、鼻の穴もぴくぴく動いている。何かを言いかけようとした瞬間に唇をかんだのも、また嗚咽がこみあげてきたからだ。

「……頑張ってきた結果がこれだとは！」

ロンバールはくぐもった、だが辛辣な声で、自嘲気味に言った。そして笑おうとした。絶望的な笑いだった。

「九年間だよ！　ほとんど十年だ！　ぼくは独りぼっちで、金も仕事もなかった……」

ロンバールは独り言のように話した。おそらくは、自分が生々しい裸体画をじっと見つめていることにも気づいていない。

「十年間、毎日毎日努力し、何度も苦杯をなめ、ありとあらゆる困難と闘ってきた……。その中でぼくは結婚もした。子どもが欲しかった……。馬車馬のように無我夢中で働いたよ。家族にちゃんとした暮らしをさせるためにね。家も、製版所も、何もかも、そのために頑張った！　あんたも見ただろう……。でも、あれだけのものを築きあげるまでにどれだけ苦労したかは、あんたは知らない。思いだすだけでもうんざりするようなことが、どれほどたくさんあったことか……。最初の頃は、手形を振りだすたびに毎晩眠れなかった……」

ロンバールは唾を飲みこみ、額に手を当てた。喉ぼとけが上下した。

「そしてどうだ！　今ぼくは女の子を授かった。ところが、その赤ん坊の顔をちゃんと見たかどうかさえもわからないくらいなんだ！　妻はまだ床に就いているし、今何が起きているのかについては知らないけれど、ぼくが人が変わったようになってしまったので不安になって、ぼくの顔色をうかがっているんだよ……。職人たちもいろいろ質問してくるが、なんと答えていいかわからない……」

ロンバールは続けた。

「もうおしまいだ！　この数日のあいだに、いきなりすべてが変わってしまったんだ！　掘りかえされ、破壊され、砕かれ、すべて木《こ》っ端微塵《ぱみじん》だ！　何もかも！　十年間積みあげてきたものが全部だ！　それもこれもみんな……」

ロンバールは両手の拳を握りしめ、床に落ちた拳銃に目をやり、それからメグレを見た。

そろそろ限界に来ているようだった。

「もう片をつけようじゃないか！」ロンバールは力なく息を吐いた。「誰が話す？　まったく簡単なことじゃないか！」

それはまるで、髑髏や、山積みになったクロッキー画の紙や、常軌を逸した壁の絵に向かってかけられた言葉のように聞こえた。

「まったく簡単なことだ！」

ロンバールは繰りかえした。また泣きだすのではないかと思われたが、ロンバールは泣かなかった。すでに神経が消耗して抜け殻になっていたのだ。極限状態は通り過ぎた。ロンバールはソファーベッドの端に腰かけて膝の上に両肘をつき、あごを両手で支えた。そしてそのままの姿勢でじっと待った。身体を動かしたのは、ズボンの裾についた泥跳《どろは》ねを爪で擦りとった時だけだった。

「お邪魔じゃないですかね？」

陽気な声がして、さきほどの職人が服にたくさんのおが屑をつけたまま入ってきた。そしてまず落書きだらけの壁に目をやり、大声で笑った。

「皆さんおそろいで、これを見に戻ってきたというわけですか？」

誰も身動きしなかった。ベロワールだけが、自然な態度をとろうと努めていた。

「皆さん、最後の月の部屋代二十フランの支払いがまだだということは、覚えておられますかね？　いやいや、部屋代を請求するために上がってきたわけじゃないんですよ。……まったく可笑《おか》しくってね。よく覚えているが、おたくらはこのがらくたの山を全部置いて出ていった時に、『いつの日かこのクロッキー一枚の価値が、このあばら家一軒分と同じになるだろう』って宣言したんだから。まあ、おれはそんなことは信じなかったけどね。でもやっぱり、この壁を塗り直そうという気にはならなかったな……。一度、絵を額縁に入れて売っている額縁職人をここに連れてきたら、デッサンを二、三枚持っていきましたよ。百スー置いていったかな……。おたくらはまだ絵をやってるんですか？」

職人はここまで話して、やっと何か様子がおかしいと感じたらしい。ヴァン・ダムはずっと下を向いたまま床から目を上げようともしないし、ベロワールはいらいらと指を鳴らしている。

「そういえば、オール＝シャトー通りに工場《こうば》を持っているのはおたくですよね？」職人は、今度はロンバールに話しかけた。「甥がそこで働いていたことがありますよ。金髪の背の高い男です」

「そうでしたか……」ロンバールはそうつぶやくと顔を背けた。

「ええと、そちらさんの顔には見覚えがないな。やはりお仲間だったんですかね？」

この部屋の家主は、今度はメグレに話を向けた。

「いや……」

「まったく、大胆不敵な若者たちでしたよ！ うちの女房は部屋を貸すのに反対でね、みんな追いだしてしまえって言ってましたけど。部屋代を払わないこともしょっちゅうあったからね。でも、おれは愉快だったな。誰が一番大きい帽子をかぶってるとか、誰が一番長いクレーパイプを吸ってるとか、そんな競争をしていてね。夜は一晩じゅう飲めや歌えの大騒ぎで。時々きれいな女の子たちも来ていたな。そういえば、ロンバールさん、この、床に落ちている絵のモデルの娘《こ》、今どうしてるか知ってますか？ 実は〈グラン・バザール〉百貨店の監視員と結婚して、ここから二百メートルのところに住んでるんですよ。息子が一人いて、うちの息子と一緒の学校に通ってますよ」

ロンバールは立ちあがってガラス窓のほうに歩いていき、また同じ場所に戻ってきた。その落ち着きのない様子に、職人もここからの退散を決意したようだ。

「ひょっとしてお邪魔でしたかね？ そろそろ失礼しますよ。まあ、ここにはおたくらにとって大事なものがあるんでしょうが……。いずれにしても、おれは、二十フランが未払いだからここにある物をこのままとっておこう、なんて考えたことは、当然ながら一度だってありませんからね。うちの食堂用に風景画を一枚もらっただけですよ」

職人は踊り場に出てからもさらに新たな演説を始めそうな勢いだったが、階下から呼び声がした。

「親方、お客さんですよ！」

「それでは皆さん、また後で。お話しできてよか――」

ドアが閉まり、とたんに声が小さくなった。メグレは、職人の話の間にパイプに火をつけていた。木工職人のおしゃべりによって、緊迫した雰囲気は多少なりとも和らいだようだ。

「これはおたくらのグループの名前？」

メグレは、壁に書かれた落書きの文字を指さして尋ねた。難解なデッサンの中でもとくに意味不明な絵を取り囲むように、文字が記されている。

《黙示録の同志》

ベロワールが、ほとんど自然体の声に戻って答えた。

「そうです。ご説明しますよ。もう遅いかもしれませんが。わたしたちの妻や子どもたちには可哀そうだが、しかたがない……」

　そこにロンバールが割って入った。

「ぼくが話すよ。話させてくれ」

　ロンバールは部屋の中を行ったり来たりし始めた。そして時々、部屋の中の物をあれこれと目で拾っていく。まるで自分の話に挿絵でも添えるように。

「十年よりもう少し前のことです。ぼくは美術学校の学生でした。大きな帽子をかぶって、大きな蝶結びネクタイをしめていましたよ。他にも二人、美術仲間がいました。一人は彫刻をやっていたガストン・ジャナンで、もう一人が小男のクラインでした。ぼくたちは誇らしげに〈ル・カレ〉の通りを散歩したものです。なにせわれわれは芸術家だったんですからね。誰もが、少なくともレンブラントのような未来が待っていると信じていたんです。まったく無分別なことでしたけど。ぼくたちは大いに読書をし、とくにロマン主義時代の作家のものばかり読んでいました。もう夢中でね。一週間はある作家に傾倒してそれ一辺倒だったのに、次の週にはその作家を否定して別の作家に熱中しているという感じで……。クラインは母親がアングラールに住んでいましたが、このアトリエを借りていたので、ぼくたちはいつもここに集まるようになっていました。この部屋の雰囲気が、とくに冬の夜には、とても中世的な感じで、すごく気に入っていたんです。ここでよく、古い歌曲を歌ったり、ヴィヨンの詩を朗読したりしていましたよ。最初に黙示録を見つけてきて、全部の章を読むようにしつこく勧めたのが誰だったのかは、もう忘れてしまいましたが」

ロンバールは続けた。

「ある晩、ぼくたちは何人かの大学生と知り合いになりました。それがベロワールとルコック・ダルヌヴィル、ヴァン・ダム、そしてモルティエという男です。モルティエはユダヤ人で、父親はこの近くで豚や牛の内臓を扱う会社をやっています。みんなでよく飲みましたよ。そして彼らをこのアトリエに連れてきたんです。一番の年上でもまだ二十二にはなっていなかったんじゃないかな。ヴァン・ダム、それってきみだったよな？」

ロンバールは、話すことで気分がよくなったらしく、ぎくしゃくした歩き方やしゃがれた声がしだいに滑らかになってきた。ただ、涙のせいで顔には赤い筋が残り、唇も腫れていた。

「そのアイデアはぼくが言いだしたんだと思う。結社というか、グループを作ろうってね。十九世紀のドイツの大学に存在した秘密結社の話を読んだことがあったんです。だからクラブを作って、芸術と学問を結合したいと思ったんだ！」

ロンバールは壁を眺めながら、自嘲気味に笑った。

「ぼくたちは芸術とか学問とかいうことについて、得意げにまくしたてていましたから。

そういう話をしていると、自尊心が満たされたんです。われわれのグループには、かたや美術専門のクラインとジャナンとぼくがいて、芸術のことを知っている！　そしてもう一方には学問を学ぶ大学生がいるんですから。ぼくたちはよく酒を飲みました。本当によく飲みました。気分を高揚させるために飲んでいたんです。神秘的な雰囲気を作りだそうと、照明の光を弱めたりしていましたよ。そして、寝泊まりもここでしていました。何人かはソファーベッドに寝て、あとは床の上でね。いつも誰かがパイプをふかしているので、部屋の空気がもやもやと曇るほどでした。それから、皆で合唱です。だいたいいつも誰かしら気分が悪くなって、トイレに駆けこんでいましたよ。そんなことを、夜中の二時や三時にやっていたんですからね。熱に浮かされていたんです。吐きそうになるほどの安ワインをよく飲んでいましたが、そんな酒の力も借りて、われわれは形而上学の世界に飛びこんでいったわけです。……クラインのことはよく思いだしますよ。一番神経質で、身体も弱かった。母親は貧しくて、クラインも金がなかったので、酒を飲むために食事を抜いていました。飲んでいれば皆、自分は正真正銘の天才だと感じることができたんですから。大学生グループは、もう少しうまくやっていましたね。というのも、ルコック・ダルヌヴィルを除けば、他は貧しい家庭の出身ではなかったからです。ベロワールは古いブルゴーニュワインやリキュールのボトルを親元からくすねてきたし、ヴァン・ダムはハムやソーセージを持ってきました。……ぼくたちは、街の人たちが畏敬の念をもって自分たちのことを見ているのだと信じていました。ですからグループの名前をつけるにあたっては、神秘的で仰々しいものを選んだんです。それが《黙示録の同志》です。でも、黙示録を全部読んだ者は誰もいないと思いますよ。クラインが、酔っぱらった時にどこかの一節を暗唱していたくらいです。そしてこの部屋の家賃については、全員で負担することに決めました。ただし、クラインは引き続きここに住む権利があるということにしました。……それから、無報酬で絵のモデルをしに来てくれる女の子たちもいました。モデルと、まあ、もちろんその他もろもろですけどね！　ぼくらは彼女たちを、ミュルジェールの小説風の町娘に見立てていたわけなんです。まったくなんでもありの滅茶苦茶な集まりでしたよ！　女の子が雌牛みたいに床に寝そべってね、でもぼくらはそれを聖母マリアに描いてしまうんだから。そしてなんといっても、酒を飲むこと！　それが何よりも欠かせないことでした。とにかく、雰囲気を盛りあげないといけなかったから。クラインなどは、そのためにソファーベッドの上でジエチルエーテルの瓶をひっくり返して、中身を振りまいたこともありましたよ。ぼくらの誰もが、陶酔と幻想を得ようとしていろいろばかなことをしていた。まったく、くそくらえだ！」

ロンバールはそこまで一気に話すと、窓辺に歩いていき、曇った窓ガラスに額を押しつけた。そして今度は喉を震わせながら、もといた場所に戻った。

「こうして極度の興奮を求め続けていたために、やがてぼくらの精神は極限状態になっていきました。ちゃんと栄養がとれていない連中はとくにそうでした。わかるでしょう？ なかでもクラインがそうでした。何も食べずに酒をがぶ飲みして気持ちを奮いたたせていたんですから。……ですがもちろん、ぼくたちはそういう集まりの中で、世界を再発見していったんです！ 世界のあらゆる重要な問題について、ぼくらは自分たちなりの考え方をもっていました。ブルジョワや、社会や、あらゆる既成事実を嫌悪していました。そうした中で、いつも、何杯か酒が入って部屋の空気がタバコの煙で曇ってくると、あらゆる突飛な主張が飛び交うようになりました。こうなるともう、ニーチェもカール・マルクスも、モーセも孔子もイエス・キリストも、みんな一緒くたです。たとえば、誰が見つけてきたのか忘れましたが、《痛みというものは存在せず、脳の錯覚に過ぎない》という説がありました。ぼくはこの考えにとてもわくわくしたんです。それである晩、仲間が固唾を呑んで見守る中で、ナイフの先を自分の腕の肉に突き立てました。必死に笑おうとしながらね。こんなことは他にもまだまだありましたよ。……われわれは、選ばれし者でした。偶然ひとつの場所に集まった、少人数の天才のグループだったんです。因習に囚われた世界からも、法律からも、先入観からも超越したところにいたのです。ひと握りの、神のごとき人間の集まり、とでもいったらいいでしょうか。ただし、時には空腹で死にそうになっていた神、それでも胸を張って街を闊歩《かっぽ》し、行き交う人々を見下し威圧していた神でしたがね。未来のことも考えていましたよ。ルコック・ダルヌヴィルは、トルストイになるはずでした。ヴァン・ダムは経営大学院のつまらない授業をとっていましたが、いずれ政治経済を揺るがし、人間社会の既成概念を覆すつもりでした。皆それぞれ、自分のやるべきことがありました。詩人もいれば画家もいる。未来の国家元首だっていた。まったくアルコールの魔力でしたよ！　そしてぼくらはさらに飲み続けました。しまいには、この部屋で酒を飲んで士気を高めることに慣れ過ぎてしまって、この部屋に入ったとたんに、ひとりでに気持ちが高ぶってくるんですよ。なにせここは色付きガラスのランタンが凝った光を振りまいているし、薄暗がりに骸骨はあるし、頭蓋骨をみんなでグラス代わりにしているんですから。そんなふうにしているとどんなに謙虚なメンバーだって、将来この家の壁に大理石の標示板が設置されている様《さま》が、思い浮かぶようになるんです。《ここは、かの有名な黙示録の同志たちが集《つど》った家です》というぐあいにね。……ぼくたちはいつも、誰が新しい本やすばらしい思想をグループにもたらすことができるかを競っていました。ぼくらが無政府主義者にならなかったのはたんなる偶然です。というのも、それについては真剣に討論していましたからね。セビリアでテロ事件が起こった際には、その新聞記事を大声で読みあげました。誰だったかは忘れましたが、『本物の天才は破壊者だ！』と叫んだ者もいましたよ。そしてわれわれひと握りのわんぱく小僧たちは、その見解について何時間も延々と討論を続けました。爆弾の製造方法も検討し、何を爆破したら面白いかも話し合いましたね。その時クラインは、六、七杯は飲んだところだったと思いますが、とても体調が悪くなってしまったんです。それまでとは様子が違っていました。神経的な発作のような感じでしたね。床の上を転げまわるんです。ぼくたちは、もしクラインが死んでしまったら自分たちはどうなるんだろう、ということしか考えられなくなりました。あのモデルの娘も一緒にいました。アンリエットという名前でした。彼女は泣いていましたね。……ああ！　でもあの頃は本当に、毎夜毎夜がすばらしい時間だった。ぼくたちは名誉にかけて、夜明けになって街のガス灯の消灯係が来るまではこの部屋から出ないと決めていたので、いつも早朝のどんよりとした中を、寒さに震えながら帰っていきました。金持ちの連中は自宅に着くと窓から忍びこみ、眠ったり食べたりして、夜中の疲れをなんとか回復することができていたと思います。でもそうでない者、つまりクラインやルコック・ダルヌヴィルやぼくは、街の中を足を引きずるようにして歩き、小さなパンをかじり、指をくわえて店の中のショーケースを眺めるだけでした。その年、ぼくはコートを着ていませんでした。大きな帽子を買いたくて、それが百二十フランもしたからなんです。それで、寒さも他のことと同様、錯覚なんだと思いこむことにしました。さらに、仲間との議論で自信を深めていたぼくは、父親に向かって、親の愛というのは利己主義のもっとも卑しい形態であり、子の第一の義務は親を否定することである、と言ってのけたのです。父親は今はもう亡くなっていますが、当時はやもめで、銃器工場に勤めるまじめな工員でした。毎朝六時に仕事に出るのですが、その頃ぼくが帰ってくるわけです。しだいに父は、ぼくと顔を合わせないようにもっと早く家を出るようになりました。ぼくが演説を打《ぶ》つことにたじろいだのだと思います。家に帰ると、テーブルの上にメモが置いてありました。《戸棚の中に冷肉がある。父》と書かれていましたよ」

ロンバールの声が、わずかの間とぎれた。ロンバールはベロワールに目をやり、次にヴァン・ダムに視線を移した。ベロワールは座面のない椅子の端に腰かけて床を見つめ、ヴァン・ダムは葉巻を粉々に砕いている。

「ぼくたちは七人だった」ロンバールがくぐもった声で言う。「七人の超人！　七人の天才！　そして七人のわんぱく小僧！　ジャナンはパリでまだ彫刻をやっている。とはいっても、大きな工場向けのマネキン人形の制作だ。そして時折、その時々の恋人の胸像を作って情熱を紛らわせている。ベロワールは銀行で、ヴァン・ダムはビジネスの世界で働いている。そしてぼくは、写真製版工だ……」

一瞬、不穏な沈黙があった。ロンバールは唾を飲みこんだ。目の周りの隈が濃くなっているように見える。ロンバールが再び口を開いた。

「クラインは教会の扉で首を吊って死んだ。ルコック・ダルヌヴィルは、ブレーメンでロの中に銃弾を撃ちこんで死んだ」

再び沈黙が生じた。今度はベロワールが、座っていられなくなったのか立ちあがり、一瞬ためらった後にガラス窓の前まで行って立ち止まった。今にも胸の鼓動が聞こえてきそうな様子だ。

「最後の一人は？」メグレは訊いた。「モルティエだっけ？　父親が豚や牛の内臓を扱う会社をやっているって言ったね」

ロンバールの視線がメグレに釘付けになった。熱に浮かされたような目だった。メグレは、ロンバールがまた感情を高ぶらせて激昂するにちがいないと感じた。ヴァン・ダムが椅子を倒す音がした。

「それは十二月のことだね？」

メグレはそう言いながら、その瞬間に三人が身体を震わせたのを見逃さなかった。

「あと一カ月でちょうど十年になる。あと一カ月で、時効になるということだ」

メグレは、まずヴァン・ダムの自動式拳銃を、次に、ロンバールがここに来てすぐ床に放りだした回転式拳銃を、順に拾い集めた。メグレが思ったとおり、ロンバールはそれ以上持ちこたえることができず、両手で頭を抱えてうめいた。

「ぼくの子どもたち！　三人の小さな子どもたちが！」

そして突然、なりふり構わず涙に濡れた頬をメグレに向けると、逆上して絶叫し始めた。

「あんたのせいだ！　あんたのせいなんだ！　あんた一人のせいなんだ！　ぼくは生まれたばかりの赤ん坊の顔さえちゃんと見ていないんだぞ！　どんな赤ん坊なのかもちゃんとわかっていないんだ……。あんたにそれがわかるか？」

10 ポ＝ト＝ノワール通りのクリスマス

空から突風が吹いて、急に低い雲が垂れこめたのだろう。部屋の中に差しこんでいた陽の光が突然消えた。まるでスイッチを切ったように、部屋の雰囲気は一気に灰色で平板《へいばん》になり、すべての物が陰鬱な顔に様変わりした。

十年前ここに集っていた若者たちが、色ガラス付きのランタンで光の具合を調整し、神秘的な薄明かりを作りだしたかった理由が、そしてタバコの煙やアルコールの力でこの部屋の空気を包みこみたかった理由が、メグレにはわかる気がした。

そしてまた、ぱっとしない宴会の翌朝に、この部屋で一人目を覚ますクラインの姿も想像することができた。空の酒瓶や割れたコップが散乱し、昨夜の悪臭が残り、カーテンのないガラス窓から陰気な光が差しこむこの部屋で、毎回一人で目を覚ますクラインの姿を。

ジェフ・ロンバールは打ちひしがれ、口を閉じたままだった。その後を引きとって口を開いたのはモーリス・ベロワールだった。

話し手の交代は、まるで突然別世界に移動したかのような急激な変化をもたらした。というのは、二人の態度があまりに異なっていたからだ。

ロンバールについては、その感情を全身の動きから読みとることができた。身体を震わせ、涙を流し、声をからし、せわしく動きまわる。興奮時と平静時の周期がはっきり目に見えるので、疾病に関するグラフを作るように、感情の周期表を作成することだってできた。

いっぽうベロワールは、その声も、視線も、身のこなしも、何から何まで、明晰でしっかりとしていた。それが痛々しく見えるのは、そうした態度が、苦しみが凝縮された結果のように感じられるからだ。ベロワールはもう、泣くことができないのだろう。それどころか、笑うことさえできないにちがいない。凝り固まって、身体を動かすことができなくなっているのだ。

「わたしが話を続けてもよろしいでしょうか、警視。もうすぐ日が暮れますが、ここには何も照明がありませんので」

このような細かなことを持ちだしたからといって、ベロワールがおかしなやつだというわけではなく、ましてや感情が欠落しているわけでもない。むしろこれがベロワールなりの、感情を表現するやり方だった。

「わたしたちは皆、真剣でした。長々とおしゃべりする時も、議論する時も、声高に夢を語る時も、いつも真剣でした。ですが、真剣な中にも程度の違いはありました。ジェフが話したように、家が豊かな者はその後自宅に戻って、落ち着いた環境の中で元気を回復することができました。ヴァン・ダムとウィリー・モルティエ、そしてわたしがそうでした。ジャナンもそうです。不自由のない暮らしをしていましたから。ウィリー・モルティエの場合は、さらに特別な環境にありました。例をあげれば、彼はキャバレーの玄人《くろうと》の女性や小劇場の踊り子の中から自由に愛人を選べる唯一の人間でした。金で買っていたのです。また、父親と同じく実利的な男でした。父親は無一文でリエージュにやってきて、厭《いと》うことなく豚や牛の内臓を扱う商売を始め、財を成した人です。ウィリーは毎月五百フランの小遣いをもらっていました。わたしたちの誰にとっても、夢のような金額です。大学にはまったく足を踏みいれず、貧乏な友だちに講義のノートを取らせ、試験の時は汚い手を使ったり賄賂を贈ったりして合格していました。ここに来ていたのだって、たんなる好奇心からです。趣味や思想にはまったく共通点がありませんでしたから。……ウィリーの父親は画家から絵画を買いとっていましたが、画家のことをばかにしていました。また、特権的待遇を得るために、市議会議員や市の助役なども買収していましたが、そういう人たちのことも軽蔑していました。そういうことです！　そしてウィリーも、わたしたちを見下していました。ここに来ていたのは、自分のような金持ちとそれ以外の人間とを比べ、違いを観察するためだったのです。彼は酒を飲みませんでした。そして酔っぱらっている仲間がいると、嫌悪感まるだしの視線を向けました。わたしたちが延々と議論をしている時には、ウィリーはほんの少ししか話しません。でもそのほんの少しが、わたしたちの気分を害して冷や水を浴びせるような言葉なのです。あまりに露骨で、わたしたちがやっと創りだした気になっていたユートピアを一掃してしまうのでした。ウィリーはわたしたちが大嫌いでした！　わたしたちもウィリーが大嫌いでした！　おまけに彼は本当にけちでした。そのことになんの臆面もなく堂々としたものでした。クラインは毎日ろくに食事をとっていなかったので、仲間の誰かしらが彼を助けることがありました。ですがウィリーは、『われわれの間に金の問題を持ちこんでほしくないし、おれが金持ちだからここに迎え入れようなどとは思わないでほしい』と言い放ちました。そして、酒を買いに行ってみんなが有り金をはたいている時も、きっちり自分の分しか出しませんでした。彼の講義のノートをとってやっていたのはルコック・ダルヌヴィルでしたが、わたしはウィリーがそのアルバイト代の前払いを断っているのを耳にしたことがあります。男が集まる場所ではよくあることですが、ウィリーはまさに敵対的な異分子だったのです。それでもわたしたちは彼のことを我慢していました。ですがクラインは、とくに酔っぱらっている時には、ウィリーに喧嘩をふっかけ、心の中で思っていることを全部吐きだしてしまうのです。そんな時ウィリーのほうは、多少顔色を変えましたが、人をばかにしたように唇を突きだして聞いていました。……さきほど、真剣な中にも程度の違いがあったと申し上げましたが、もっとも真剣でのめりこんでいたのが、クラインとルコック・ダルヌヴィルでした。二人は、兄弟のような愛情で結びついていました。二人とも貧しい母親のもとで育ち、子どもの頃から大変な苦労をしていましたから。そして二人とも高みを目指していましたが、超えることのできない障壁を前にして傷つき苦しんでいました。クラインは、美術学校の夜間クラスを受けるために、昼間は塗装工として働かなければなりませんでしたが、仕事で梯子《はしご》の上に登るとめまいがするのだと言っていました。ルコックのほうは、授業のノートをとってやったり、外国人の学生にフランス語を教えたりしていました。そして、よくここに来ては何か食べていました。その時のコンロがまだどこかにあるはずです」

そのコンロは、ソファーベッドに近い床の上にあった。ロンバールが、悲痛な面持ちでコンロを足で押しやった。

ベロワールが、低く淡々とした声で話を続けた。髪はいっさい乱れがなく、きっちりとポマードで整えられている。

「これは、その頃よりずっと後の話ですが、わたしはランスでのブルジョワのパーティーで、誰かが戯れに『いったいどういった状況であれば、あなたは人を殺すことができると思いますか？』と質問しているのを耳にしたことがあります。あるいはまた、ご存じかもしれませんが、《中国高級官僚の問題》というものもあります。《電気のスイッチを押すだけで、中国の奥地にいる大金持ちの高級官僚を殺してその遺産を相続することができるとしたら、あなたはスイッチを押しますか？》という問いが提起する問題のことです。……当時わたしたちのこの部屋の中では、突拍子もないテーマが議論の題材になり、夜な夜な朝まで討論し続けることがよくありました。ですから、そういった生と死の謎に関するテーマがもちあがってくることも当然ありました。あれは、クリスマスの少し前のことでした。議論のきっかけは、新聞に載っていた一つの記事でした。その日は雪が降っていました。わたしたちはいつも、自分たちの考えは既成概念と同じであってはならないと考えていました。ですから、その記事をきっかけとしてあるテーマに夢中になったのです。それは、《人類は、地球の表層部にできたカビに過ぎない。したがって、人の生や死は取るに足らないことである。憐憫《れんびん》の情は疾患の一つに過ぎない。大型動物が小型動物を捕食し、人間が大型動物を捕食する。それだけのことである》というものでした。ロンバールがさきほど、自分の腕にナイフを突き立てた話をしましたが、あれは、《痛みというものは存在しない》ということを証明するためにやったことでした。まあ、そういったことなんです。あの夜は、空のボトルが三、四本床に転がっている中で、わたしたちは人を殺すというテーマについて真剣に議論していたのでした。でもそれは、何でもありですべてが許される、まったくの理論上の世界の話だったはずです。わたしたちはお互いに尋ねあいました。『きみには人を殺す勇気があるのか？』すると皆の瞳が輝き、背筋を戦慄が走ります。『あるにきまってるだろう。人間の命なんか、取るに足らないたんなる偶然であり、地球の表面にできた皮膚病みたいなものなんだから！』『じゃあ、道を通りかかった知らない人間をやるか？』すると、一番酔っぱらっていたクラインが『やろう！』と答えました。目の下には隈をつくり、肌は血の気の失せた鉛色になっていました。わたしたちはしだいに、深い裂け目の際《きわ》に立っているような感覚になり、それ以上進むのが怖くなりました。そこで、その危険をうまくやり過ごし、自分たちで呼び寄せた死の影を、いまや身辺に漂い始めた死の影を、面白おかしく茶化しました。以前ミサの侍者《じしゃ》をしていたという誰かが、たしかヴァン・ダムだったと思いますが、棺を安置する台の前で司祭が先唱するように『リベラ・ノス』を歌い始めました。みんなも合唱でそれに続き、わたしたちは死の気配を満喫しました。……ですが、その夜は誰かを殺したりするようなことは起こりませんでした！　わたしは朝の四時に自宅に戻り、塀を乗りこえて家の中に入りました。そして八時には、家族と一緒にコーヒーを飲んでいました。つまり、前夜のことはもうただの思い出になっていたのです。おわかりでしょう？　恐怖に慄《おのの》きながら見た芝居の思い出のようなものです。ところがクラインのほうは、ポ＝ト＝ノワール通りのこの部屋の中にずっと居続けたわけです。そしてあの夜の議論のすべてが、その消耗しきった頭の中に留まったままだったのです。その考えはクラインを蝕んでいきました。ずっとそのことを考え続けているのだということは、それからしばらくの間、わたしたちに突然質問を投げかけてくることからもわかりました。『人を殺すのは難しいって、本当にそう思ってるのかい？』わたしたちは皆、怖じ気づいたとは思われたくありませんでしたが、かといって、もう酔っぱらっているわけでもありません。結局、あまり気乗りはしませんでしたが『もちろん難しいなんて思ってないさ』と答えていました。たぶん、クラインがあまりに熱中しているので、面白がっていたところもあると思います。でもわかってください！　わたしたちは悲劇を引き起こすつもりなどありませんでした！　ただそのテーマを、極限まで突き詰めて探求しただけです。……火事が起こると見物人は、それが長く続いて《立派な火事》になることを思わず願ってしまうものです。川の水位が上がった時には、新聞の読者は、それが二十年後にも語り種《ぐさ》となるような《立派な洪水》になることを望むものです。《なんでもいいから、何か面白いものを！》ということなのです。……そしてクリスマスの夜になり、皆が酒を持ってこの部屋に集まりました。よく飲み、よく歌いました。クラインはほぼ泥酔状態で、誰彼となくつかまえては『ぼくに人が殺せると思うかい？』と質問していました。それでもわたしたちは何も心配していませんでした。零時になる頃には、まともな人間は誰一人いなくなり、新しい酒を買いに行かなくては、と話していたところでした。

ウィリー・モルティエがやってきたのは、ちょうどそんな時でした。ウィリーはタキシードに身を包み、光がすべてそこに凝縮されたかのような、白さの際立つ大きなイカ胸シャツをつけていました。顔がほんのり赤く、香水の香りがしました。上流階級の盛大なパーティーに出席した帰りなのだと言っていました。するとクラインが、『酒を買ってこい！』とウィリーに向かって叫びました。『きみはもう酔っぱらってるじゃないか！おれはみんなに挨拶をするためにちょっと寄っただけだ』『嘘をつけ！　ぼくらの様子を見にきたくせに！』この時はまだ、この後に何かが起こるかもしれないとは思ってもみませんでした。ただクラインは、ふだん酔っぱらっている時よりもはるかに怖い、ぞっとするような顔をしていました。小さなクラインの身体は、ウィリーのそばに立つとさらに小さく細く見えました。髪は乱れ、額は汗で濡れ、ネクタイはもうはぎ取られていました。『クライン、きみはもう豚みたいにぐでんぐでんに酔っぱらってるぞ！』『ああそうかい！　その豚がおまえに、酒を買ってこいと言ってるんだ』わたしにはこの瞬間、ウィリーがひるんだように見えました。他の誰も笑っていないことをなんとなく感じたのでしょう。それでもなんとか虚勢を張っていました。黒い巻き毛からは、整髪料の匂いが漂っていました。そして『ここは全然面白くないな。今おれが行ってきたブルジョワのパーティーのほうが、ずっと愉快だったぜ』と言い放ちました。『酒を買ってくるんだ』クラインはもう一度そう言うと、熱に浮かされたような目をして辺りを見まわしました。部屋の一角では何人かがカントの、具体的になんだったのかはわかりませんが、とにかくカントの学説について議論していましたし、自分は生きるに値しないと言って泣いている者もいました。とにかく、一人として冷静な人間はいなかったし、すべてを見ていた人間もいなかったのです。そんな中、クラインの身体がぴくんと痙攣《けいれん》したように跳びはね、そのままウィリーのほうに突進していきました。わたしたちは、クラインがウィリーのイカ胸シャツに向かって頭突きをしたのだと思いました。ところが次の瞬間、血が噴きだすのが見え、ウィリーが大きく口を開けたのです」

「やめてくれ！」

突然、ジェフ・ロンバールが懇願するように叫んだ。立ちあがり、呆然自失の状態でベロワールを見つめている。ヴァン・ダムも再び、肩を落として壁に張りついた。

だが、何をもってしてもベロワールを止めることはできなかっただろう。本人の意志の力をもってしても、もう止められなかったにちがいない。すでに日は落ち、全員の顔が灰色になっていた。

「それで、みんな驚いて騒ぎ始めました！」再びベロワールの声が響く。「クラインはナイフを手に持ったままその場でうずくまり、朦朧《もうろう》とした目で、ウィリーがぐらぐら揺れているのを見つめていました。この時起こったことは、人がふつう想像するようには進みませんでした。なんと言ったらいいのか……。ウィリーは倒れなかったのです。それなのに、シャツの穴からは大量の血が流れだしていました。そして確かに、『豚どもが！』と言ったのです。そして同じ場所に立ち続けていました。バランスをとるように、足を少し開いて。血が出ていなければ、酔っぱらっているのは彼のほうだと思ったことでしょう。ウィリーはもともと大きな目をしていましたが、この瞬間はいつもよりもっと大きく見えました。そして、左手はタキシードのボタンを握っていましたが、右手はズボンの後ろポケットを探っていました。やがて誰かが怯えた声で叫びました。たぶんジェフだったと思います。ウィリーの右手が、ポケットからゆっくりと拳銃を引っぱりだすのが見えました。鋼鉄製の、黒くて硬い小さなものを……。クラインはパニックに陥って床に倒れこんでしまいました。ボトルが倒れて、割れる音がしました。ウィリーは死んでいなかったのです！

かすかに揺れていただけでした！　そしてわたしたちを、順番に一人ずつ見まわしていったのです！　はっきりとは見えていなかったでしょうが。そして拳銃を持ちあげました。それを見て一人が前に飛びだし拳銃を取りあげようとしましたが、床の血で足を滑らせ、ウィリーともども倒れて床に転がりました。ウィリーの身体はぴくぴく動いていました！　たぶん筋肉が痙攣していたのでしょう。ウィリーは死んでいなかったからです。わかりますか？　その目は、あの大きな目は、ずっと開いたままでした！　そしてあいかわらず、拳銃の引き金を引こうとしていたのです！　そして何度も、『豚どもが！』と繰りかえしました！　床に倒れた男の手が、ウィリーの喉元を絞めつけました。いずれにせよ、命が尽きるのは時間の問題でしたが」

ベロワールはそのまま言葉を続けた。

「わたしは血まみれになり、タキシード姿のウィリーは床の上で動かなくなりました」

ヴァン・ダムとロンバールは、怯えた様子で友人を見つめた。ベロワールが話の決着をつける。

「ウィリーの首を絞めた手は、わたしの手でした。前に飛びだして血だまりで足を滑らせた男というのも、わたしです」

この男は、当時と同じ場所に立っているのだ、とメグレは思った。だが今は身なりもきれいできちんとしており、靴には汚れひとつなく、スーツにもきちんとブラシがかけられている。白い手と爪は手入れがゆき届き、右手の指には大きな金のシグネットリングがはまっている。

「みんなは頭が働かず、ただ呆然としていました。とりあえず、自首しに行くと言うクラインを寝かせました。誰も口をききませんでした。ですが……うまくご説明できないのですが……とにかく、わたしの意識はとても明晰ではっきりしていました。さきほども、ウィリーが刺された後の事態は人がふつう想像するようには進まなかったと言いましたが、人は惨事が起きた時の状態について、間違ったイメージを抱いているものです。わたしはヴァン・ダムを踊り場に引っぱっていって、小声で相談しました。身もだえして大声で叫んでいるクラインの声がずっと聞こえていました。それから、三人で遺体を抱えて外に出ました。ちょうど教会の鐘が鳴っていましたが、何時だったのかはわかりません。ムーズ川は増水して水があふれていました。サント＝バルブ河岸も五十センチほど水に浸かり、川の流れも激しくなっていました。上流でも下流でも堰《せき》が崩壊していたようでした。水の中に投げ入れられた黒い塊は、次のガス灯が立っている辺りではもう見えなくなりました。水のわたしの服は血で汚れ、破れていました。それは部屋においたままにして、わたしは、ヴァン・ダムが自分の家から持ってきてくれた服に着替えました。そして翌日、両親には作り話をして服のことをごまかしました」

「そして、あらためて、皆でここに集まったのかね？」

メグレはゆっくりと尋ねた。

「いいえ。みんなポ＝ト＝ノワール通りから逃げだしてしまいました。ルコック・ダルヌヴィルだけが、クラインのそばにいました。それ以来わたしたちは、お互いを避けるようになりました。まるで暗黙の了解があるかのように……。街でばったり出会うことがあっても、お互いに目をそらしていました。ウィリーの遺体は、偶然にも川が増水していたこともあって、発見されませんでした。それに、彼はもともと、わたしたちと付き合っていることを人に話していなかったのです。われわれのような友人がいることは、自慢できることではなかったのでしょう。そういうわけで、ウィリーは失踪したのだと思われ、捜査も、彼がその夜最後に訪れたと考えられる悪所を捜索する方向に向かったのです。……三週間後、わたしは誰よりも先にリエージュを離れました。突然大学をやめ、家族には、フランスで仕事をするつもりだと告げました。そしてパリで銀行員になったのです。クラインが二月にサン＝フォリアン教会の扉で首を吊ったことは、新聞で知りました。その後のある日、わたしはパリでジャナンにばったりと出会いました。事件のことについては話しませんでしたが、ジャナンは、自分もパリに住んでいるのだと言いました」

「ぼくだけが、一人でリエージュに残った……」

ロンバールがうつむいてつぶやいた。

「リエージュに残って、首吊り男や、教会の鐘楼の絵を描いたんだね」メグレはロンバールの言葉を受けて言った。「そして新聞の挿絵を描いた。それから……」

メグレは、オール＝シャトー通りの家を思い浮かべた。緑色の小さな格子窓、中庭の噴水、若い女性の肖像画、写真製版の作業場の風景が、メグレの頭の中に浮かびあがった。その情景の中では、ポスターや挿絵入り新聞の紙面が、首吊り男の絵で覆われた壁面を徐々に侵食していく。それに、子どもたちがいる！　とメグレは思った。三人目は昨日生まれたばかりじゃないか！

十年という月日が流れたのだ。その間、人生は少しずつ、それぞれの場所で、不器用ながらも、歩みをとり戻してきたのではないか。

ヴァン・ダムも、先の二人と同じようにパリに出た。しばらくふらふらした後、偶然の成り行きでドイツに移り、親の遺産を相続して、今やブレーメンでは名の知れた実業家になっている。

モーリス・ベロワールは、恵まれた結婚をして社会の出世階段を登り、今は銀行の副支店長だ。ヴェル通りに立派な新居を建て、バイオリンを習っている子どもがいる。毎晩〈カフェ・ド・パリ〉の快適なホールで、自分と同じような地域の名士たちとビリヤードに興じている。

ジャナンは次々に恋人を変えながら、マネキン人形を作って生計を立て、仕事が終わった後には恋人の胸像を制作している。

ルコック・ダルヌヴィルだって結婚していた。ピクピュス通りの薬草店には妻と、子どもが一人いるのだ。

ウィリー・モルティエの父親は、今もトラックや貨車で豚や牛の腸を買い付け、洗浄し、売っている。そしてあいかわらず市議会議員を買収し、財産を増やしている。娘が騎兵隊の将校と結婚したが、その将校が自分の商売を継ぎたがらないので、父親は払うはずだった娘の持参金の支払いを拒否したらしい。娘夫婦は、駐屯地のあるどこかの小さな町で暮らしている。

11　ろうそくの残り

部屋の中はすっかり暗くなっていた。人の顔は暗闇の中でぼやけ、深いしわだけがくっきりと見える。この暗さに神経を毒されたかのように、ロンバールがいらだたしげに言った。

「とにかく、明かりをつけよう！」

ランタンの中に、ろうそくの端が少しだけ残っていた。ランタンは十年前から、同じ釘に吊りさげられたままそこにあった。底の抜けたソファーベッドやインド更紗の布、不完全な骸骨の模型や、乳房を露わにした裸婦のクロッキー画など、この部屋のその他もろもろの品とともに家主の質種《しちぐさ》になっていたが、この品々が金になったことは一度もなかった。

メグレはろうそくに火を灯《とも》した。するとランタンの色ガラスが、赤や黄色や青の光で壁を照らし、まるで魔法のように、壁に影を躍らせた。

「ルコック・ダルヌヴィルが、初めて会いにきたのはいつでした？」

メグレは、モーリス・ベロワールのほうを向いて質問した。

「三年前だったと思います。会いにくるとは、思ってもみませんでした。あなたもご覧になったあの家が、ちょうど完成した頃でした。息子がやっと歩けるようになっていました。彼がクラインとそっくりになっていたので、わたしは本当に驚きました。外見が似てきただけではなく、精神的にもそっくりになっていたのです。心身を衰弱させるほどの熱狂や病的な興奮状態が、クラインとまったく同じでした。彼はわたしの前に敵としてあらわれました。悔恨の思いに苦しみ、絶望していたのだと思います。正確にはどう表現したらいいのかわかりませんが……。彼は軽蔑したような笑みを浮かべながら、刺《とげ》のある話し方をしました。それでも、我が家のインテリアや、わたしの社会的地位や、暮らし向きや、性格をほめ、感嘆しているふうを装っていました。ですがわたしには彼が、酔っぱらった時のクラインのように、今にもしゃくりあげて泣き叫びそうになっているのがひしひしと伝わってきたのです！　彼は、わたしがすべて忘れてしまったと思っているようでした。そんなことあるはずがないのに！　わたしはただ、生きていたかっただけだ。わかりますか？　そして、生き抜くために、猛烈に働いてきたのです。彼にはそれができなかった。確かに、彼はクリスマスの後の二カ月間をクラインとともに過ごしました。わたしたちは皆出ていってしまい、彼らは二人だけでとり残されたのです。この部屋の中に。この……。

三年前にルコック・ダルヌヴィルを目の前にした時、わたしがどう感じたかは、うまく説明することができません。すでに長い年月が経っていたのに、彼は昔とまったく変わっていなかったのです。まるで、ある者にとっては人生の時が流れ続けているのに、別の者にとってはそれが止まってしまったかのようでした。彼は、名前を変えたと言っていました。あの事件を思い出させるものは、何も持っていたくないのだと。そして人生そのものまで変えてしまったのです！　本の一冊も読んではいないようでした。肉体労働者になることによって、まったく別の人間に生まれ変わろうとしたのです。わたしは話を途中まで聞いたところで、彼が何を言いにきたのかが理解できました。というのも、そうした話をしながらつねに、皮肉や、非難や、異様なまでの激しい糾弾の言葉をわたしに浴びせ続けていたからです。彼は人生に失敗しました！　そしてすべてを失った！　事件の後も、自分の一部が、ずっとこの部屋に頸木《くびき》となってつなぎ留められたままになっていたのです。わたしたちだって、たぶん、それは同じです。でも、そこまで強烈にではなかった。彼ほど病的で痛ましくというわけではなかったのです。彼にとりついているのは、ウィリーの顔というより、クラインの顔なのだと思います。ルコック・ダルヌヴィルは結婚して子どもも生まれましたが、子どもを前にすると神経の発作が起こるので酒を飲みに行くのだと言いました。幸せになることはおろか、つかの間の心の平安を得ることさえできなかったのです。妻のことは愛しているのだと、泣き叫ぶように言っていました。それなのに妻のもとを去ったのは、彼女のそばにいると、自分が泥棒のように思えるからだと言うのです。幸福泥棒のようだと！　クラインの幸福や、ウィリーの幸福を自分が盗んだのだと……。事件以来、わたしもよく考えてみました。そして、なんとなくわかったような気がします。われわれは手に負えないような恐ろしく、神秘的で、病的な観念と戯れていただけなのです。ただの遊び、子どもの遊びに過ぎなかったのです。ですが、それにからめとられてしまった人間が少なくとも二人いたのです。それは、その遊びにもっとも熱中していた二人でした。それがクラインとルコック・ダルヌヴィルです。人を殺すということがそこまで重要な問題だったのか？　でもクラインは、それをやってみたくなったのです！　そしてその後には、今度は自分で自分の命を絶つことになったのです！　ルコックはそれに怯え、神経をやられ、その悪夢を生涯引きずって生きることになりました。わたしや他の仲間たちは、そこから逃れ、再びふつうの生活をとり戻そうと努力しました。でも、ルコック・ダルヌヴィルは逆だったのです。後悔と圧倒的な絶望の中に、捨て身で飛びこんでいきました。そして人生を棒に振ったのです！　それだけじゃない。自分の妻と、息子の人生をも台無しにしたんです！　……そして今度は、わたしたちに対峙することにしたわけです。だからわたしに会いにきたのです。わたしには、すぐにはそのことがわかりませんでしたが……。彼はわたしの家や、家族や、銀行を見ていました。それでわたしも、彼はそのすべてを壊すことを自分の義務だと思っているのだ、と感じました。クラインの無念を晴らすため、そして自分の無念を晴らすためにです！ ルコックはわたしを脅迫しました。血で汚れ、破れたスーツをずっと持っていたのです。それは、クリスマスの夜の事件の、唯一の物的証拠でした。彼は金を要求しました。それも多額の金を！ さらにその後も要求は続きました。それはまさに、弱点でした。わたしたちの地位や立場というのは、ヴァン・ダムもロンバールもわたしも、ジャナンにしても、金に依存しているのですから。こうして、新たな悪夢が始まったのです。ルコックの狙いは間違ってはいませんでした。彼はあの忌々しい服を持って、わたしたちの間をまわり始めました。そして悪魔的な正確さでわたしたちに要求する金額を計算し、われわれを窮地に追いやっていったのです。……警視はわたしの家にいらっしゃいましたよね。……実はあの家は、抵当に入っているんですよ。妻は、自分の持参金は手つかずで銀行にあると思っていますが、実はもう一サンチームだって残ってはいません。そのうえわたしは、違反行為だってやっているのです！ ルコックは、ヴァン・ダムに会いに二度もブレーメンまで行っています。リエージュにも来ました。恨みを抱き続けて、どんな小さな幸福であろうがことごとく壊してまわることに固執していたのです。……あの時、ウィリーの死体の周りにいたのは六人でした。クラインは死に、ルコックは絶え間のない悪夢の中で生きてきました。だから、われわれ全員が同じように不幸になるべきだ、と彼は思っていたのです。ですから彼は、受けとった金には手をつけませんでした。クラインと二人で安い黒ソーセージ《ブーダン》を分けあって食べていた昔のように、貧しい生活を続けたのです。そして金は、すべて燃やしてしまったのです！　けれども燃やされた金は、わたしたちにとっては、筆舌に尽くし難いそれまでの苦労の証だったのです。こうして三年間、わたしたちはそれぞれの場所で闘ってきました。ヴァン・ダムはブレーメンで、ジェフはリエージュで、ジャナンはパリで、わたしはランスで……。三年の間、わたしたちは手紙で連絡を取りあったりすることはほとんどありませんでしたが、ルコック・ダルヌヴィルによってわたしたちは、否が応でも《黙示録の同志》時代の雰囲気に連れ戻されてしまうのでした。……わたしには妻がいます。ロンバールもです。二人とも子どももいます。わたしたちは、妻や子どものためになんとか耐えて、頑張ってきたのです。そんな中、ある日ヴァン・ダムから電報が届き、ルコックが自殺したと知らせてきました。そしてランスのわたしの家に集まろうと言ってきたのです。わたしたちは全員集合しました。そこに、あなたが姿をあらわしたわけです。わたしたちはあなたが帰った後に、今あの血まみれの服を持っているのがあなたであること、そしてあなたがこの一件に興味を持って調べ始めていることを知りました」

「パリの北駅でわたしのトランクケースを盗んだのは誰です?」

メグレが質問すると、ヴァン・ダムが返事をした。

「ジャナンですよ。わたしはあなたより先にパリに着いて、駅のホームに隠れていたんです」

ここにいる誰もが、精根尽きていた。ろうそくの残りは、よくもってあと十分《じっぷん》だろう。メグレが身体をひねった拍子に、髑髏が床に落ちた。まるで床をかじっているように見える。

「〈鉄道ホテル《オテル・デュ・シュマン・ド・フェール》〉にわたし宛ての手紙をよこしたのは?」

「ぼくです」ロンバールが顔をあげずに答えた。「赤ん坊のためだったんだ! まだ落ち着いて顔を見ることもできていない赤ん坊のためなんだ……。でもヴァン・ダムがそれに気づいて……。そしてベロワールも……。二人して〈カフェ・ド・ラ・ブルス〉にやってきたんだ……」

「拳銃を発砲したのもあんたかな?」

「そうです。もうどうしようもなかったんだ。ぼくは生きたかった! 生きていたかったんだ! 妻や、子どもたちと一緒に……。だから、外で待ち伏せしていたんです。ぼくは五万フランの手形を振り出しています。その五万フランの金を、ルコック・ダルヌヴィルは燃やしてしまったんです！　でも、そんなことはどうだっていい！　払えと言われれば払いますよ。必要ならなんだってやる。でも、あなたにずっと背後から追われているのを感じているうちに……」

メグレは視線をヴァン・ダムに移した。

「わたしの先回りをして、行く先々で手がかりを隠滅してまわったね？」

全員が押し黙った。ろうそくの炎が揺らめいている。ロンバールだけが、ランタンの赤いガラス越しの光に照らされていた。

やがてベロワールが口を開いた。初めて聞く、かすれたしわがれ声だった。

「十年前の、あの……あの事件の、直後だったなら……わたしは、すべてを受け入れていたでしょう。……警察がわたしを逮捕しにきた時のために、拳銃も買っていました。でも、十年が経ってしまったんです！　十年間生きて、努力して、闘ってきた！　その間に状況は変わってしまいました。妻ができて、子どもが生まれて……。だから、わたしだってその場にいたら、あなたをマルヌ川に突き落としていたでしょうし、夜中に〈カフェ・ド・ラ・ブルス〉を出てから拳銃を発砲していたことでしょう。……なぜなら、あと一カ月で、いや、あと二十六日で、時効になるからです」

しばらくの間、沈黙が続いた。その沈黙の真っただ中で、ろうそくは突然、最後の炎をふっと揺らし、そして消えた。部屋の中は完全な暗闇になった。

メグレは身動きしなかった。誰がどこにいるかはわかっていた。ロンバールは左側に立ち、ヴァン・ダムは正面の壁にもたれ、ベロワールはすぐ後ろにいる。メグレはただ、待った。拳銃の入っているポケットに念のため手を入れておくことさえもしなかった。

ベロワールが全身を震わせたのが、メグレにははっきりと感じられた。身震いというよりは、ぴくぴく痙攣しているようだった。ベロワールが、マッチを一本擦って言った。

「よろしければ、もうここから出ましょうか」

マッチの炎のほのかな光に、皆の瞳がきらきらと輝いて見える。四人は身体を接触させながらドア枠をくぐり、階段を降りた。途中でヴァン・ダムが転んだ。八段目からは手すりがないことを忘れていたらしい。下に降りると、木工職人の作業場はすでに閉まっていた。窓のカーテン越しに、老婦人が小さな石油ランプで明かりをとりながら編み物をしている姿が目に入った。

「この道から行ったんだね？」

メグレは、不ぞろいな敷石が敷き詰められた道を示して言った。その道をまっすぐ行くと、百メートルほど先で河岸に出る。河岸の壁の角にはガス灯の支柱が立っていた。

「ムーズ川の水は、河岸から三軒目の家のところまであふれていました」ベロワールが答えた。「わたしは膝まで水に浸かりながら河岸まで行かなければなりませんでした。ちゃんと……あれが……川の流れに乗って、運ばれていくようにするために」

四人はその道とは反対方向に向かった。そして、まだ完全には整地の終わっていない高台の中央にそびえ立つ新しい教会の周りを歩いた。

ある地点まで来ると、周囲は突然賑やかな街に様相を変え、通行人や、黄色と赤の路面電車や、自動車や、ショーウインドーがあらわれた。街の中心部に行くには、アルシュ橋を渡らなければならない。川の流れは速く、水流が大きな音をたてて橋脚にぶつかっている。

オール＝シャトー通りでは、ジェフ・ロンバールを待っている人たちがいるはずだ。一階には、酸の入ったバケツや、新聞社の使いから督促されている写真版の間で立ち働く職人たちがいる。二階には、子どもを生んだばかりの夫人がいる。人のよさそうな義母もいる。そしてまだ目も開いていない女の赤ちゃんが、白いシーツに包まれている。上の二人の子どもたちは、静かにしていなさいと言われて、首吊り男の絵が掛かっているダイニングルームにいるにちがいない。

ランスにいるもう一人の母親は、息子にバイオリンのレッスンをしているところだろうか。その間に家政婦は、階段の真鍮製の絨毯ホルダーをすべて磨きあげ、大きな植物が植えられた磁器の鉢の埃を拭きとっているのだろうか。

ブレーメンのビルの中では、そろそろ仕事が終わる頃だろう。タイピストと三人の従業員が、モダンなオフィスを後にする。電気が消され、《ジョゼフ・ヴァン・ダム　輸出入取次業》という窓辺の陶器の文字も、暗闇に包まれることだろう。ウィーン風の音楽を演奏しているビアホールでは、頭を丸刈りにした、フランス人とベルギー人の区別ができない実業家が、「おや、いつものフランス人はいないのか」とつぶやいているかもしれない。

ピクピュス通りでは、ジュネ夫人が歯ブラシ一本やカモミール百グラムを売っているのだろう。色あせたカモミールの花が小袋の中でカサカサと音をたてる。店の奥では子どもが宿題をしているにちがいない。

メグレが思いを巡らせている間も、四人は歩き続けた。やがて風が吹き始め、立ちこめていた雲を一掃した。それまではほんの一瞬、時折にしか見えなかった月が、明るい姿をあらわした。

彼らは、自分たちがどこへ行こうとしているのかわかっているのだろうか？

四人は明るいカフェの前を通りかかった。酔っぱらいが一人、店の中から千鳥足で出てくる。

「では。パリでわたしを待っている人がいるので！」

メグレは、突然足を止めて言った。他の三人はメグレを見つめた。喜ぶべきなのか、悲しむべきなのかもわからず、口をきくことができなかった。メグレは両手をポケットに突っこんで言った。

「この話には、子どもが五人いるんだよ」

三人にこの言葉が聞こえたかどうかはわからない。というのも、メグレは独り言のようにぼそぼそとつぶやいただけだったからだ。メグレは背を向けて遠ざかっていく。三人には、その大きな背中と、ビロードの襟がついた黒いコートを見送ることしかできなかった。

「ピクピュス通りに一人、オール＝シャトー通りに三人、ランスに一人だ」

列車でパリに戻ると、メグレは駅からまっすぐルピック通りに向かった。建物の管理人が言う。

「上に行くまでもありませんよ。ジャナンさんはいませんから。みんな気管支炎だと思っていたんですけど、肺炎になってしまってね。病院に連れていかれましたよ」

メグレは、オルフェーヴル河岸の警視庁に車を向かわせた。執務室まで来ると、巡査部長のリュカが、正規の手続きを踏んでいないバーのオーナーに電話をかけているところだった。

「やあ。わたしの手紙は受けとってくれたかい？」

「もう終わったんですか？　それで、うまくいきましたか？」

「さっぱりだよ！」

メグレが好んで使うせりふだ。

「逃げられたんですか？　いやあ、あの手紙を読んで、本当に心配になりましたよ。リエージュまで飛んでいこうかと思ったくらいです。で、結局、なんだったんですか？　無政府主義者ですか？　それとも贋金造《にせがね》り？　国際的な犯罪組織なんですかね？」

「それが、ただの子どもたちだったんだよ！」

メグレはそう言うと、戸棚の中に自分の旅行かばんを放りこんだ。その中には、ドイツの鑑識官が、長く詳細な報告書の中でB服と呼んだスーツが入っている。

「リュカ、一緒にビールを一杯飲みに行こう」

「どうしたんです？　あんまり楽しくなさそうですね」

「とんでもない！　人生より面白いものはないさ！　行くかい？」

それからほどなく、二人は〈ブラッスリー・ドフィーヌ〉の回転扉を押していた。

しかしこの時ほどリュカが驚いたことはなかった。というのも、メグレはビール一杯どころか、ほとんど立て続けに六杯の紛《まが》い物のアブサンを飲みほしたからだ。それでも、いつもと変わらない毅然とした声で——ただし、いつになく遠い目をして——メグレは言った。

「まあ、こんな事件が十件もあったら、わたしは警察を辞めることにするよ。それはもうつまり、天の高いところに誰か偉い神様がいて、この世の秩序を守っているという証拠だからね」

そう言いつつも、メグレはウェイターを呼びながら、言い添えた。

「でも、心配することはないさ！　こんな事件が十件もあるはずはないからね。それで、職場では最近どんなことがあった？」

解説

【注意】作品を読了後にお読みください。

作家　瀬名秀明

一九三一年二月二〇日(金)、本作『サン＝フォリアン教会の首吊り男』はパリのファイヤール社から書き下ろし長篇シリーズの第一弾として、『死んだギャレ氏』とともに二冊同時刊行されました。その深夜、シムノンは宣伝のためモンパルナスのヴァヴァン通りにあるバー《白い球 La Boule Blanche》で《人体測定祭 Bal Anthropométrique》なる大パーティを企画し、各界の著名人に招待状を送りました。目論見は大当たりし、ホールに入りきらないほどの人が集まり、夜通しのどんちゃん騒ぎとなったのです。たちまち噂は広まり、意気盛んな若者シムノンは一夜にして成功の切符を手にしました。

しかしシムノンが凄かったのは、そこから毎月一冊というハイペースでメグレものの新刊を出し続けたことです。この怒濤の快進撃は、フランス大衆小説界の潮目を変えるほどだったのではないでしょうか。当時《怪盗ルパン》シリーズの作者モーリス・ルブランがシムノンを読んだ記録が残っています。このときルブランはすでに老境の域に差しかかり、その人気も衰えつつありました。一九三二年、カンヌ滞在中のルブランは地元新聞の書評欄でシムノンの名を知り、十数冊出ていたメグレのなかから一冊を手に取って読み、感想を書評担当者に書き送りました。その手紙は二月二日、その新聞に掲載されたのです。最初期のシムノン評として、これほど率直で、シムノンの本質を的確に見抜き、かつ温かな筆致で書かれたものはなかったでしょう。

「ご助言に従い、ジョルジュ・シムノンの作品を知ったのは、賢明でした。今朝、またシムノンを薦められていましたね。（中略）とはいえ、『プロヴィダンス号の馬曳き（邦訳題「メグレと運河の殺人」）』を読み、貴殿の賞賛は過大だとは思いませんでした。その逆です。これは真に素晴らしい作品です。とりわけ、雰囲気を編み出し、登場人物のキャラクターをこしらえ上げるという、冒険小説の作家にはきわめて稀なこの才能を強調なさったのは、どれほどもっともなことでしょうか。（中略）何か魔力の賜でしょうか、ジョルジュ・シムノンは、描写して、掘り下げて、立ち止まります。読者には気づかれずにです。もし彼にお会いになる機会がございましたら、私の心からの賞賛をお伝え下さい（後略）」[*1]

ルブランが慧眼だったのは、極めて初期に書かれた『メグレと運河の殺人』を選んだことです。《メグレ》シリーズを順番に読みたいのだが第一作はどれか？　と誰しも思い悩むものですが、これには複数の答があります。最初に出版されたのは本書『サン＝フォリアン教会の首吊り男』と『死んだギャレ氏』の二冊。ところがその後、刊行が進むに連れてファイヤール社の刊行一覧には縦にずらりとタイトルが並ぶことになりますが、最初の二冊のうち上に書かれたのは（おそらくアルファベ順によって）『死んだギャレ氏』の方だったので、日本ではある時期まで『死んだギャレ氏』が第一作だと紹介されていました。

では書かれた順番は？　最新書誌を反映したオムニビュス社版『メグレ全集 *Tout Maigret*』（全一〇冊、二〇一九）では、『怪盗レトン』が執筆された時期はおそらく一九二九年九月から一九三〇年五月までの間、場所はナンディないしモルサン＝シュル＝セーヌの河岸、当時シムノンが所有していた《オストロゴー *L'Ostrogoth* 号》の船上で、とされています。一九三〇年七月から一〇月まで《リックとラック》という週刊読み物紙に一三回にわたって連載され、これが本名のジョルジュ・シムノン名義で初めて公に出た作品となりました。続いて『メグレと運河の殺人』と『死んだギャレ氏』が書かれたのが一九三〇年夏、本作『サン＝フォリアン』が一九三〇年夏から一二月の間、『男の首』が一九三〇年九月から一九三一年五月の間、『黄色い犬』が一九三一年三月――。シムノンはシリーズの連続刊行を見据えて事前に書き溜めていたわけです。一方、刊行順は異なり、二月に『サン＝フォリアン』と『ギャレ氏』が同時刊行された後は三月に『運河の殺人』、四月に『黄色い犬』、五月に『レトン』と続き、『男の首』は九月の九冊目となります。

ただしシムノンは『怪盗レトン』を書く前、《メグレ前史》といえる長篇小説をペンネーム時代に四つ書いていました。自船でオランダのデルフゼイルに寄港していたところ船の修理が必要となったので放置されていた平底船を見つけ、水の漏れる船内にタイプライターを持ち込んで最初のメグレものを書いた――と伝説的に語られるその作品は『怪盗レトン』ではなく、実際の時期はおそらく一九二九年から一九三〇年にかけての冬か一九三〇年の春で、その作品は《メグレ前史》の第一作『マルセイユ特急』（原題『夜の列車

Train de nuit』一九三〇刊行）だったと推測されています。[*2] シムノンはさらにメグレ警視を主役とする『真珠の若娘 *La jeune fille aux perles*』（別題『踊り子 *La figurante*』一九三二刊行）、『赤毛の女 *La femme rousse*』（一九三三刊行）、『不安の家 *La maison de l'inquiétude*』（一九三二刊行）を書きますが、このなかでもっとも早く読者の目に触れたのは一九三〇年三月から四月に新聞連載された『不安の家』です。

こうしたなかで『サン＝フォリアン教会の首吊り男』を位置づけるならば、シムノンを本当の〝作家〟たらしめるに至った〝最初の真の傑作〟といえるでしょう。シムノンは本作を書くことでついに確かな手応えをつかんだのだと私は思います。同時に本作はシムノンが甘い思春期時代を振り返って書いた青春小説であり、シムノンが大人への一歩を踏み出した最初の小説作品だったといえるのです。

本作を含むファイヤール社の初期シムノン書籍の表紙画像を見ると、当時の犯罪実録読み物紙に掲載されていた事件現場写真や再現写真によく似ていることがわかります。本作では教会の高い雨樋から男が首を括って後ろ姿でぶら下がっているという合成写真でした。つまり初めのうちメグレの物語は、犯罪実話風の装いを纏って出版されていたのです。

作家の水谷準は当時、探偵誌に翻訳小説を載せるため海外の原書を漁っていたのですが、丸善の新刊書棚でファイヤール社のシムノン本を見つけたものの、表紙が扇情的なので探訪記者のでっち上げた書き飛ばし小説だと思って相手にしなかったそうです。ところが数年経って映画『モンパルナスの夜』（一九三三）が封切られ、原作『男の首』の翻訳を読み、「自分の不明を恥じないわけにはいかなかった」と後に回想しています。[*3]

作者シムノンも当初は犯罪実話を意識していたかもしれません。本作も探偵役メグレのメモや手紙が挿入されており、それらは読者に事件の経緯をわかりやすく提示する利点もありますが、実録犯罪読み物を連想させる効果も持ち合わせています。

この路線の表紙は第一七作『紺碧海岸のメグレ』（一九三二）と、その後の短篇集『十三人の被告』『十三の謎』『13の秘密』（いずれも一九三二）まで続きました。シムノンは念願のアフリカ旅行のためここで連続刊行記録は途絶えますが、五か月後には一般小説（後にロマン・デュール＝硬い小説と総称されるノンシリーズ長篇）の傑作『仕立て屋の恋』（原題『イール氏の婚約』一九三三）を発表します。メグレものはその後、メグレが引退を間近に控えたという設定の第一八作『第1号水門』（一九三三）と、引退後の活躍を描く第一九作『メグレ再出馬』（一九三四）でいったん幕が引かれ、シムノンは出版元もガリマール社に移して、ロマン・デュール作品の執筆に傾注してゆくことになります。

シムノンの文学的価値を最初に見出したのは評論家・作家のアンドレ・テリーヴだった、とされています。彼はシムノンがロマン・デュールを継続的に発表するようになった一九三五年、『ピタール家の人々 *Les Pitards*』（一九三五）や『下宿人』（一九三四）、『情死』（原題『自殺者たち』一九三四）などを取り上げて、シムノンをいまもっとも重要な小説家のひとりであると《ル・タン》紙で紹介しました。

「私は名作を、純粋な状態で読んだような気がする。つまり、これは自然の産物のように思えるのだ。（中略）私は長いこと心奪われてきた大衆の意見につき従いながら、（本を読む）この腕をついに下ろすことに大きな喜びを感じている」*4（評論の冒頭部）
しかしここには「ポピュリズム文学運動」の創始者のひとりだったテリーヴ自身の思惑もあったと私は考えます。彼はシムノンのことを農民や漁民の生活を飾らずに描く、おのれの文学運動の精神に近い作家だとシンパシーを感じたのかもしれません。もちろんテリーヴの評論には鋭い部分もあります。『下宿人』を引き合いに出して「「雰囲気小説 **roman d'atmosphère**」の優れた一例であり、それ以上のものでもある」と早くもシムノンに対して後年よく使われるキャッチフレーズを出し、続けて「心理学の素早さと鋭さはあらゆる賞賛に値する」「最後のページが終わったとき、この郊外の家、室内のレイアウト、家具、小物、匂い、物語の展開される季節が、散乱して力強く残っている。実際のところ、この結果はもはや驚くべきものだ。他の凡庸な作家が血と汗水垂らしてこれを成し遂げるのは絶対に無理だろう。シムノン氏は明らかに『下宿人』をさらりと書いている」と評しているのは注目に値します。実際、シムノンは党派や派閥といったものに無関心でした。
　日本のミステリ界において、シムノンの小説はまず映画『モンパルナスの夜』を契機として、また戦後はアメリカの作家エラリイ・クイーンとアントニー・バウチャーによる評価を経由して輸入されました。一九三七年から春秋社がまとまった選集を出し、ここに伊東鋭太郎訳の『聖《サン》フォリアン寺院の首吊男』も含まれており、江戸川乱歩は本作に感銘を受けて『幽鬼の塔』（一九三九‐一九四〇初出）という翻案まで書き、折りあるごとにシムノンを絶賛しました。角田喜久雄はシムノンに敬愛の念を抱き、メグレを目標として戦後の加賀美敬介捜査一課長シリーズを書きました。長篇『高木家の惨劇』（一九四七）で描かれる物理トリックと心理トリックのせめぎ合いが春秋社の選集で出たシムノンの『ロアール館』（『死んだギャレ氏』）と似ていることは以前から指摘されていましたが、中篇「緑亭の首吊男」（一九四六）は本作と題名が似ているだけでなく、冒頭の鞄を取り替えるシーンがそっくりそのまま再現されていますし、出来のよい短篇「五人の子供」（一九四六）も物語の決着のつけ方がやはりシムノンとよく似ています。

角田の加賀美一課長シリーズは戦後すぐの東京の情景を豊かに伝えており、こうした「雰囲気」は後に〝シムノン的〟といわれるようになります。シムノンはパリの情景を描き、人間の心理を追求する作家で、メグレは「運命の修繕人 réparateur de destin」である、という評価です。ただしそれらは間違ってはいませんが、決して正しいわけでもないのです。シムノンは子供のころ見た日曜日のきらきらとした陽光をいつまでも鮮明に憶えているかと思えば、ほんの数年前に自分がどこでメグレの第一作を書いたのか忘れてしまい、いったん偽の記憶を受け入れるとそれを真実のように滔々と語ってしまう人でした。シムノンは他者が評した「運命の修繕人」という言葉を気に入って後年には自らも使いましたが、作家のすべてをたったひとつのキャッチフレーズで表現できるはずはありません。本作でメグレは他人の運命を修繕したりなどしません。この初期作にはまだ類型的な世評の枠に閉じ込められる前の若いシムノンが躍動しています。本作を含めファイヤール時代の作品はどれも瑞々しい青春小説といえますが、青春はきらきらと輝くだけでなく同時に苦いものです。過去の一瞬を鮮明に憶えていると同時に後々検証が必要となる重要な事実はまったく思い出せず偽の記憶に置き換えてしまうシムノンにとって、初めて自らの青春時代を題材に据えた本作は、それゆえに唯一無二の傑作となったのではないでしょうか。

シムノンはベルギーのリエージュで生まれ育ち、一〇代後半からは地元紙《ガゼット・ド・リエージュ》の記者として早くも速筆の才を活かし、映画評から事件ルポまで何でもこなしていました。本作に登場するサン＝フォリアン教会は実在します。一九二二年三月三日の《ガゼット》にひとつの無署名記事が載りました。朝、画家の男がサン＝フォリアン教会の扉に自分のウールマフラーで首を括って死んでいるのが見つかったというのです。彼は前夜ひどく酔っており、仲間の介助でいったんは床についたものの、何かを思い出したのか数時間後にまた出て行ったそうですが、なぜ教会で首を吊ったのかは不明でした。

シムノンはこの事件を知ったはずです。死んだ画家の名はジョゼフ・クライン。

シムノンは若いころ、美大生たちとつるんでよく遊び歩いていました。教会から百メートルと離れていない建物の狭い二階を借りてそこを根城とし、あまりに狭い場所に皆でぎゅうぎゅう詰めになっていることから自分たちを《ニシン樽 **La Caque**》と呼んでいました。本作の《黙示録の同志》は明らかにシムノンがかつて仲間と青春を謳歌した《ニシン樽》です。本作以前にも、シムノンはペンネーム作品の『赤い砂の城 ***Le château des*** *sables rouges*』(一九三三発表)で《黙示録の同志》なる集団を出していますが、本作のそれはシムノンの記憶にあるかつての《ニシン樽》に近いものでしょう。奇妙なのはこの首吊り事件がシムノンのなかでクリスマスの記憶と繋がったことです。シムノンは後に『わが友らの三つの犯罪 *Les Trois Crimes de mes amis*』(一九三七)というロマン・デュール長篇を書きますが、普段からほとんど一人称小説を書かないシムノンがここでは自分自身を物語のなかに登場させ、しかも《ニシン樽》とそのままの名前を用いて、青春時代の仲間たちが辿ったねじれた末路を描きました。かつての仲間から三人の犯罪者が出た。各々の経緯は異なるものの、それは偶然の結果に過ぎず、もしかしたら自分が彼らのような道を進んだかもしれない——。《ニシン樽》の仲間にはちびのKという男がいて、雨の降るクリスマスの夜、Kは酔いすぎたので仲間が担いで家へ送り届けたのだが、翌日Kは教会の戸口で首を吊って死んでいました。Kを死に追いやったのは誰だろう? その疑問がずっと主人公シムノンの頭から離れなかったのです。ちびのKとはもちろん本作におけるクラインであり、現実に首を吊って亡くなった画家クラインなのですが、作者であるシムノンはこれら無数のクラインにおのれを重ね合わせています。ひょっとしたら首を吊っていたのは自分だったかもしれない。ひょっとしたら過去に捕らわれて生活も破綻し、自殺するはめになったのはこの自分だったかもしれない——。本作の終盤は、ある登場人物による長い独白で占められます。探偵役であるはずのメグレも、私たち読者も、黙ってその語りを聞くだけです。しかし次第に私たちは、その語り手の心情と一体化し、その痛み

や苦しみを共有してゆくのがわかるはずです。メグレもまた私たちと同じなのです。メグレ第三期（プレス・ド・ラ・シテ社時代）の傑作『メグレと若い女の死』（一九五四）と比較すれば、本作の特徴がわかるでしょう。本作において真相が明かされるとき、私たち読者は陽の暮れようとするリエージュの暗い二階部屋で、まさにメグレの隣にいます。私たち読者が物語内の犯罪者を裁けないのと同様、メグレも彼らを裁きません。だからこそ、私たちとメグレはともに、自分が納得できる着地点を自分で用意する必要があるのです。作者シムノンと同じように。

ところで、私たち日本の読者をずっと悩ませてきたひとつの問題がありました。「メグレは警部なのか、警視なのか」という謎です。

翻訳家の高野優氏から「メグレは警部なのか、警視なのか、面白いですね。同じく **commissaire** でも、ルパンに出てくるガニマールは「警部」と訳したくなりますし、メグレは「警視」としたくなります」[*5] とうかがったことがあり、結論からいえばその使い分けでよいのだと思います。しかしなぜガニマールは警部で、メグレは警視なのでしょう。これを理解することは私たちがメグレをより深く読み込む上で重要なのです。

フランスの警察機構は大まかに三つの系譜から形づくられてきました。ひとつは軍事警察として古くから国内の治安を守ってきた「憲兵隊」であり、続いては都市警察の嚆矢としてナポレオン・ボナパルトが一八〇〇年に設置した「パリ警視庁」で、このトップには

「警視総監」が置かれました。パリの地図を広げてみてください。北を上にして地図を眺めると、右下から流れてきたセーヌ川が右からのマルヌ川と合流してパリ市内に流れ込み、中心部を横に抜けて、左下の方角へ向かって抜けてゆくのがわかるでしょう。そしてパリの中心部に、セーヌ川の中洲のようなかたちでサン＝ルイ島とシテ島の姿が見えます。シテ島に注目してゆくと、島の右下、すなわち南東の位置に、有名なノートルダム大聖堂が位置していることがわかります。そしてシテ通りの向こう側に、ナポレオン時代から威風堂々たる佇まいで聳えるパリ警視庁舎とアーチ型の門が見えます。旅行者には見逃せない人気観光スポットですが、メグレ警視はこのパリ警視庁舎にいるのではありません。

憲兵隊とパリ警視庁の他に三つ目の大きな系譜として第三共和政の時代に生まれたのが、首相兼内務大臣ジョルジュ・クレマンソーの指示によって一九〇七年に設置された、内務省の管轄による「治安局 sûreté générale」でした。自動車を使った集団強盗など新しい手口の凶悪犯罪が増えて、機動性の高い警察部隊が望まれたのです。内務省治安局のもと、一二の各地方に「機動隊 brigade mobile」が置かれ、「司法警察 police judiciaire」として互いに協力し合いながら新時代の犯罪に立ち向かってゆきました。ここで指揮を執ったのが治安局の局長 directeur、セレスタン・アニオン警視総監であり、彼の率いる各機動隊は《虎の部隊 Brigades du Tigre》と呼ばれました。パリを担当したのが第一機動隊です。彼らの本拠地はやがてパリ司法宮のオルフェーヴル河岸側の一角となります。ここは一八九一年から「パリ市街地治安局 les services de la Sûreté parisienne」が使っていましたが、一九一三年から「司法警察局 la direction de la Police judiciaire」となったのです。一方で「パリ警視庁 la préfecture de police de Paris」は政治警察の色合いを強めていったようです。

本書を含め最初期のメグレ作品では、しばしばメグレが「Le commissaire Maigret, de la Première Brigade Mobile」と自己紹介します。「パリを管轄する内務省治安局第一機動隊所属のメグレ警視だ」といっているわけで、これはすなわちメグレが当時台頭してきた新しい犯罪捜査班「機動隊 brigade mobile」に属する精鋭の「警視 commissaire」であったことを示しています。パリ警視庁に勤務するガニマール警部の時代とは異なる、モダンな捜査官としてメグレは登場したのです。

しかしシムノンは最初のころ、とくに取材もせず書いていたので、しばしばミスを犯しました。今回の伊禮規与美さんによる新訳『サン＝フォリアン』は作者の間違いも忠実に翻訳してあるので、「ああ、ここはシムノンの勘違いだ」と、かえって理解の助けになります。たとえば本作ではメグレがパリ警視庁舎へ戻り、そこに自分の執務室や待合室があるかのように書かれていますが、これはシムノンの間違いで、本来ならメグレはパリ司法宮の南西側に間借りしたパリ司法警察局に帰らなければなりません。しかも作中ではパリ警視庁舎のことを「オルフェーヴル河岸」と告げていますが、パリ警視庁は決してオルフェーヴル河岸とは呼ばれません。そう呼ばれるのはシテ島南側、セーヌ川沿いのオルフェーヴル河岸通りに入口が向いている、パリ司法宮の一角であるパリ司法警察局だけです。

そのため当時、司法警察局の局長 directeur であったグザヴィエ・ギシャールは、「どうせ書くならちゃんと取材してほしい」とシムノンを招き、そして彼が案内役として紹介したのが「逮捕の王様 le roi des arrestations」と渾名されていたマッス警視と、その書記官（秘書）で後に優れた活躍を見せるマルセル・ギヨームでした。このふたりが後にメグレのモデルだといわれるようになります。シムノンは取材成果をルポ記事「パリ司法警察局 Police judiciaire」（一九三三）に纏めています。ギヨームは一九三〇年から一九三七年まで警視 commissaire として機動隊に所属し、後には隊を牽引し、彼が引退する最後の一日はシムノンが密着取材して「メグレ警視、退職！ À la retraite, le commissaire Maigret!」（一九三七）という記事にしました。これらの取材によってシムノンは警察のしくみを理解し、正確な描写ができるようになっていったのです。

ギヨームが退職するまでの間、一九三四年にスタヴィスキー事件という大疑獄事件が起こって警察機構は改編され、内務省「治安局 sûreté générale」は内務省「警察局 sûreté nationale」となりました。第二次世界大戦が始まり、パリがドイツに占領された一九四一年には法改正がなされ、「国家警察総局 police nationale」が創設されて、機動隊と治安部もいったんは「司法警察部局 service régional de police judiciaire」となりましたが、パリ解放後の一九四四年には戻ります。しかし戦後にまた大きな法改正があり、一九六八年、内務省警察局 sûreté nationale とパリ警視庁 la préfecture de police が統合され、両者は内務省が管轄する「フランス国家警察 police nationale」となりました。憲兵隊は国防省の管轄でしたが、二〇〇九年に内務省と合併し、フランス国家警察はひとつになりました。

ここで最後の仕事に戻りましょう。本作で私たちは、メグレは、そして作者シムノンは、自分で決着をつけなければなりませんでした。本作の最後のページに描かれたメグレ警視と部下リュカのくだりこそ、私はミステリの歴史を塗り替えた本当の革命だったのだと思います。実は角田喜久雄がもっとも影響を受けて自作に採り入れたのは、この最終ページにおそらく計算もなく偶然の産物として筆任せに残った、それでいて世界の真実を衝く、限りない人間味だったのではないでしょうか。

＊1　ジャック・ドゥルワール『いやいやながらルパンを生み出した作家 モーリス・ルブラン伝』小林佐江子訳、国書刊行会、二〇一九（原著二〇〇一）

＊2　Claude Menguy et Pierre Deligny: "Les vrais débuts du commissaire Maigret" TRACES, N° 1, pp. 27-43, Université de Liège, 1989.

＊3　水谷準「あとがき」、ジョルジュ・シムノン『サン・フォリアン寺院の首吊人』水谷準訳、角川文庫、一九五七所収。これは雄鶏社《おんどりみすてりい》版（一九五〇）所収「あとがき」の改稿版である。

＊4　Andre Thérive: "Les livres G. Simenon, Les Pitard, Les Suisidés, Le Locataire" Le Temps, 9 mai 1935.　瀬名の試訳。再録 Cahiers Simenon N° 14, pp. 77-84, Les Amis de Georegs Simenon, 2000.

＊5　高野優、二〇一五年四月五日私信。

訳者略歴　東京外国語大学外国語学部イタリア語学科卒，フランス語翻訳家　訳書『夜の爪痕』ガリアン，『翼っていうのは嘘だけど』セラ（以上早川書房刊）他

HM=Hayakawa Mystery
SF=Science Fiction
JA=Japanese Author
NV=Novel
NF=Nonfiction
FT=Fantasy

サン＝フォリアン教会《きょうかい》の首《くび》吊《つ》り男《おとこ》
〔新訳版〕

〈HM⑯-4〉

二〇二三年五月二十五日　発行
二〇二四年五月二十五日　二刷
（定価はカバーに表示してあります）

著者　ジョルジュ・シムノン
訳者　伊《い》禮《れい》規《き》与《よ》美《み》
発行者　早川　浩
発行所　株式会社　早川書房
郵便番号　一〇一 - 〇〇四六
東京都千代田区神田多町二ノ二
電話　〇三 - 三二五二 - 三一一一
振替　〇〇一六〇 - 三 - 四七七九九
https://www.hayakawa-online.co.jp

乱丁・落丁本は小社制作部宛お送り下さい。
送料小社負担にてお取りかえいたします。

印刷・信毎書籍印刷株式会社　製本・株式会社フォーネット社
Printed and bound in Japan
ISBN978-4-15-070954-9 C0197

本書は活字が大きく読みやすい〈トールサイズ〉です。